KB077161

주부 루틴의 힘,
마흔 주부 갓생살기

주부 루틴의 힘, 마흔 주부 갓생살기

발   행 | 2023년 6월 17일
저   자 | Erica Han
펴낸이 | 한건희
펴낸곳 | 주식회사 부크크
출판사등록 | 2014.07.15.(제2014-16호)
주   소 | 서울특별시 금천구 가산디지털1로 119 SK트윈타워 A동 305호
전   화 | 1670-8316
이메일 | info@bookk.co.kr

ISBN | 979-11-410-3057-5

www.bookk.co.kr

주부 루틴의 힘,

마흔 주부 갓생살기

Erica Han 지음

| 어쩌다 마흔

.

어쩌다 '마흔'을 살고 있다.

내 인생에도 40대가 올 줄 몰랐다. 무심하게 흘러가는 내 인생길에 어디쯤 나는 서 있는 걸까.

우리 집 거실에 벤자민 나무가 있는데, 이 나무를 볼 때 나는 인생을 느끼곤 한다. 봄이 되면 어김없이 새싹이 돋고 여름이면 무성하고도 싱그러운 잎을 보여준다. 언제까지나 그대로 있을 것 같은 푸르름이다.

그러다 가을이 찾아오고, 늘 푸르고 영원할 줄 알았던 잎에 변화가 생긴다. 어느새 한 잎 두 잎 노랗게 물들고 급기야 낙엽이 진다. 겨울까지 더 많은 잎이 떨어지고 만다.
두 해 전에는 관리를 안 했더니 앙상한 가지로 겨울을 났다.

지난해에는 미리 죽은 가지를 자르고 흙에 영양을 보충해서 그런지 한겨울에도 그런대로 초록의 싱그러움이 이어졌다. 늘 거실 한쪽 구석에 있는 벤자민이 계절의 변화를 나보다 더 잘 알고 있는 듯하다. 벤자민의 사계절을 지켜보다가 문득 나를 들여다본다. '나 자신도 정성껏 돌봐야 건강하겠구나.' 생각한다.

100세 시대지만 내게 허락된 삶이 언제까지인지 모르니 대충 평균 기대 수명으로 생각해 본다. 이제 인생의 반 가까이 온 것 같다.

인생의 중간에서 나는 지금까지 무엇을 하고 살았나 돌아보게 된다. 열심히 잘산 것 같다가도 한편으로는 아쉬움이 남기도 하는 게 인생인 것.

이제 나이 40이 넘었다. 이대로 내 인생이 끝까지 다 정해져 있는 것처럼 다람쥐 쳇바퀴 돌듯 매일을 살아간다면 앞으로의 삶은 후회만 남을 것이다.

하루하루를 활기차게 '살아갈 것'인지, 아니면 정해진 죽음의 시간에서 하루하루를 써가며 '죽어갈 것'인지 생각해 볼 문제다. 죽어간다 생각하면 노력할 필요를 못 느끼고 사는 동안 불행할 것 같다. 그래서 나는 마지막 그날이 언제든지 하루하루 활기차게 생활하겠다는 다짐과 함께 긍정적인 생각을 하려고 노력하는 중이다.

'최고'가 되기 어렵더라도 '최선'은 다할 수 있다. 내 인생의 마지막 날까지 이기심을 버리고 조금이라도 더 이타적으로 살 기회를 만들어 보고자 노력하기로 했다.

내일 지구가 멸망하더라도
나는 오늘 한 그루의 사과나무를 심겠다.

나는 소중한 사람이다.
이것을 절대 잊지 않기를

Erica Han

| 차례 |

| 나는 갓생을 살기로 했다.

 MZ세대 중에서 '갓생'을 살겠다는 사람들이 늘어나고 있다. '갓생'이란 God+生의 조합어로 목표를 가지고 자기계발을 열심히 하며 계획적으로 성실히 하루하루를 보내는 인생을 의미하는 말이다. 한마디로 본이 되는 모범적인 삶을 말한다. 갓생을 선택한 사람들은 루틴을 성실히 실천하고 매일매일 근면하게 살아간다.

누군가는 말한다.
계획에 따라 틀에 갇힌 삶을 살며
자신을 옭아매는 것은 진정한 행복이 아니라고.
죽어도 그렇게 살고 싶지 않다고.

 또 어떤 이들은 그동안 너무 풀어진 채 살아서 나사를 조일 필요를 느끼기도 하고 원래 성실하게 사는 것을 좋아하는 사람도 있을 것이다. 세상에는 다양한 스타일의 사람들이 함께 산다.

 마흔을 넘기며 나도 '갓생'을 살기로 했다.

중년, 어떻게 행복할 수 있을까?

내가 이 책을 쓴 이유는 나와의 약속을 지키기 위해서였다. 나의 버킷리스트에 책을 쓰겠다고 적었기 때문이다. 그리고 다른 이유도 있다. 사람들이 저마다 가진 상처를 극복하고 마음의 중심을 잡고 스스로 힘을 내서 '매일' 꾸준히 무엇이든 '보람'되게 살아가도록 돕고 싶었다. 특히 주부들에게 도움이 되는 책을 쓰고자 했다. 나도 14년 차 주부 경력이 있기에 용기를 내 보았다.

사람들에게 어떻게 살고 싶은지 물어보면 대부분은 건강하고 행복하게 살기를 바란다고 답한다. 몸과 마음 '건강'하고 '행복'하게 살기 위해서 내가 노력했던 것을 소개해 보고자 한다.

내가 사는 곳에서는 청년을 만 39세까지로 정의한다. 그 기준에서 보면 나는 마흔이 넘었으니 청년이 아니다. 하지만 거울을 보면 난 아직 어릴 때 내가 생각했던 중년의 모습보다는 젊은 것 같다. 예전보다 피부 탄력은 떨어지지만 그래도 아직 중년까지는 아닌 것 같다. 나에게 너무 관대한 나머지 아직도 청년이라 믿고 싶은 마음이 큰지도 모르겠다.

어쨌든 마음은 늘 청년이고 싶다.

100세 시대를 생각한다면 이제는 40대까지를 청년이라고 해야 하지 않을까 싶기도 하다.

겉모습은 그렇다 치지만 내 몸은 아무리 생각해 봐도 젊다고 우기기가 좀 그렇다. 내가 몸 관리를 잘못한 것인지도 모르겠으나 내 몸의 상태는 나 역시 청년이라고 하기엔 조금 미흡함을 느낀다.

어떤 사람은 벌써 노안이 와서 안경을 내려쓰고 책을 읽기도 하고 또 어떤 사람은 이른 폐경으로 속상해하기도 한다. 나는 그렇지는 않지만 나에게도 중년을 느끼게 하는 질환이 찾아왔다. 마흔이 막 되었을 때 '오십견'이라고도 하는 동결견Frozen shoulder 진단을 받은 것이다. '아니! 내가 아직 사십인데 무슨 오십견이?' 황당했다.

통증을 동반하여 어깨의 움직임에 제한이 생기기에 옷을 입을 때에도 여간 불편한 것이 아니었다. 전체 인구의 5%도 안 되게 발생하는 질환이라는데 그 안에 내가 끼다니.

상위 몇% 두뇌를 가졌다거나 상위 몇% 부자라거나 하는 좋은 것들도 많은데 나는 하필 50대에 많이 발생한다는 그것과 마흔 살부터 함께 하게 되었다.

 문제는 무엇이 원인이 되어 발생하는지 확실히 알기가 어렵다는 것이다. 오른쪽 어깨에서 시작되어 2년 후 상태가 호전되었으나 불행하게도 왼쪽 어깨마저 동결견이 찾아왔다. 양쪽이 다 걸리는 경우는 정말 드물다는데 거기에 또 속하고 말았다.

 병원에서는 나이와 상관없이 더 젊은 사람에게도 발생할 수 있다고 했다. 어쨌든, 주변을 보면 50대 이상에서 많이 발병하는 것은 사실이다.

 100세 시대라고 모든 사람이 100세 이상 살 수 있는 것은 아니다. 건강하게 장수하려면 몸을 관리하는 노력을 성실히 해야 할 것이다.

 동결견 외에도 내 몸이 예전 같지 않다고 느낀 일들이 더 있었다. 필요 이상으로 요의가 느껴져 병원에 가보았다. 방광염인가 했는데 과민성 방광증후군이라고 했다. 비뇨기과에서 방광염이 아닌 심리적인 부분을 생각보다 길게 상담받았고 어떤 운동을 하면 좋은지에 대해 구체적인 설명을 들었다. 아무리 스트레스받는 일이 있어도 전에는 병원 신세를 질 일이 없었는데 우연의 일치일까. 마흔이 되자마자 나는 병원 진료를 받는 횟수가 늘었다.

소화 기능이 예전 같지 않아 삶의 질이 떨어졌다. 나의 질환들은 전부 '운동'을 해야 한다는 설명을 듣게 했다. 나는 지금껏 살며 건강에 대해 염려해본 일이 없었는데 이 일을 계기로 건강에 관심이 높아졌고 생활 습관의 변화가 필요함을 느끼게 되었다.

「마음이 흔들려서 마흔인 걸 알았다.」 라는 책 제목처럼 나는 몸 따라 마음도 흔들리는 마흔의 삶을 살고 있다. 우리가 알고 있듯 마흔은, 미혹되지 않는다는 뜻의 '불혹'이라 한다. 한 번 결심한 마음이 흔들리지 않는다는 것이다. 불혹이라는 말은 논어의 위정편에 나온다. 공자가 마흔부터 세상에 미혹되지 않았다고 한 데서 나온 말이라고 하는데 옛날 사람의 마흔과 나의 마흔은 왜 이리도 차이가 큰 걸까?

어쩌다 마흔이 된 어른스럽지 않은 어른인 나는 때때로 마음이 흔들리는 마흔을 살고 있다. 이런 이유로 나는 현재의 상태에서 나의 삶의 질을 높이기 위해 운동과 독서, 음악을 필요로 하게 되었고 몸과 마음을 다스리는 갓생의 길로 들어서게 되었다.

루틴을 정해 그대로 사는 것이 누군가에게는 쓸데없거나 어렵게 느껴질 수도 있다. 그러나 루틴을 정해 사는 것과 그때그때 내키는 대로 느슨하게 사는 것 중 어떤 것이 더 내 삶의 만족도가 높은지를 판단해보면 나는 루틴 있게 사는 것이 더 편하고 좋다. 수명이 길어져 이제 100세 시대를 맞이하는 중년 같지 않은 '젊은 중년'들이 어떻게 하면 몸과 마음이 더 건강하게 살아갈 수 있을까?

어떻게 하면 더 행복할 수 있을까?

| 포기하지 않기

 과거에 내가 무엇을 했는지가 중요한 것이 아니라 현재 무엇을 하느냐가 중요하다. 지금 내가 우선순위에 두고 노력하는 것이 미래를 만들기 때문이다. 내가 무엇이 될지를 계획하고 한 계단, 한 계단 밟고 올라가면 미래에 내가 되고 싶던 사람에 점점 더 가까워질 것이다. 오늘 하루를 정성껏 보내고 매일 꾸준히 실천한다면 내가 원하는 미래는 내 앞에 모습을 드러낼 것이다.

 믿는 대로 된다는 말을 나는 믿는다. 매일 꾸준히 행하는 것은 아무나 할 수 있는 일이 아니다. 그러나 진지하게 간절히 결심하고 실행한다면 꿈에 점점 더 가까워질 것이다. 아무 액션도 하지 않는다면 결과 역시 아무것도 없는 것이다.
 10이 아닌 1만큼이라도 꾸준히 노력하면 언젠가 100이 될수 있다. 나는 내 인생의 기획자이고 주인공이다. 오늘, 멋진 내가 되도록 기획을 시작할 수 있다.
 나는 상위 몇 %의 두뇌를 가지고 있지도 않고 오히려 5%도 안 되게 발생한다는 동결견을 가지면서 삶의 질이 떨어지고 급기야 마음까지 얼어붙으려 했는데 어떻게 더 행복하고 즐겁게 살 수 있을까.

 꾸준한 실천과 정신 수양을 해야겠다고 생각했다. 무리하지 않게 스몰 스텝으로 나아가며 마음을 다스려보자고 진지하게 다짐했다.

 무언가 시작하고 나서 포기하고 싶을 때가 생기기도 한다. 오래전에 나의 지인이 말했다. 포기하고 싶을 때 방법은 하나라고. 그래서 그게 뭐냐고 내가 물었다. 그냥 끝까지 최선을 다하는 것. 방법은 그것 하나라고 그는 답했다.

 그는 내가 포기하지 않기를 바라서 그렇게 나를 응원했으리라 생각한다. 그리고 나는 그 후로 어떤 것에 도전하기로 결심할 때마다 포기하지 않고 끝까지 해내는 데에 그의 말이 도움이 되곤 했다. 포기하지 않으면 죽을 것 같다고 느껴지는 것이 아니라면 최선을 다해보자.

인생을 살면서
무언가에 미쳐본 일이 없다면
사는 동안에 한 번은
미친 듯 노력해 보자.

| 갱년기와 사춘기

　살다 보면 언젠가 갱년기로 인한 호르몬 변화로 우울감을 느낄 수도 있으니 미리 몸과 마음의 준비를 해야겠다는 생각도 든다. 요즘은 늦은 결혼으로 인해 자녀의 사춘기에 부모도 갱년기를 맞게 되는 경우가 많다. 이 둘이 만나면 큰 소리가 끊이지 않는다고 한다. 사춘기와 갱년기 둘이 싸우면 누가 이기냐는 글을 본 기억이 있다.

　검색을 해보니 사춘기가 이긴다는 글이 많았는데 갱년기의 나이가 된 지인과 이야기해보니 요즘 갱년기는 사춘기 못지않게 세다며 절대 지지 않는다고 했다. 생각해 보니 양쪽 다 만만치 않아 보인다. 사랑이 더 많은 쪽에서 결국 져줄 수밖에 없지 않을까. 갱년기를 지나 봐야 제대로 알 수 있을 것 같다.

　사춘기 아이들은 독립심이 생기고 친구와의 우정이 소중해지며 연예인이나 이성에 관심을 가지는 때라서 부모보다 친구나 연예인이 더 좋은 나이라고 한다. 뒤돌아 생각해 보면 '사춘기의 나'도 그랬던 것 같다. 갑자기 달라진 아이에게 서운한 감정이 들어 '내가 너를 어떻게 키웠는데...'하고 말해봐도 돌아오는 답변은 '누가 낳아달랬어요?'일 것이다.

소의 귀에 경 읽기다. 사춘기 자녀를 갱년기 부모가 키우게 될 때 부모의 감정은 더욱 요동을 칠 것이다. 그럴 때는 잠시 아이 문제를 내려놓고 '나 자신'을 위해 선택과 집중을 하는 것이 현명할 것이다. 화를 다스리고 마음을 차분히 하는 것이 우선이다. 도를 닦아야 할지도 모른다.

아이가 어렸을 때 나는 아이가 한 거의 모든 행동을 칭찬하며 웃어주었다. 뒤집었다고, 옹알이했다고, 기었다고, 일어섰다고, 한 발짝 걸었다고, 노래했다고, 뭘 만들었다고... 일상이 칭찬이었다. '엄마'라고 말한 것도 칭찬받을 일이었다. 30대 내내 힘들었어도 이 순간순간은 늘 웃었고 행복했었다.

아이가 어렸을 때는 엄마 최고라고, 엄마 좋다고 얼마나 그랬는지 모른다. 갑자기 달라진 딸아이에게 한동안 서운함이 컸다. 그런데 뒤돌아보니 달라진 것은 아이뿐만이 아니었다. 늘 칭찬만 하다가 어느 순간 나도 달라졌다.

"그 나이 됐으면 입었던 옷은 빨래통에 넣어라."
('그 나이 됐으면'은 빼도 좋았을 텐데....)

아이도 달라진 나로 인해 힘들었을 것이다. 내가 아이의 성장에 따른 변화에 빠르게 적응하지 못했다.

 아이가 학교에서 에버랜드에 갔을 때의 일이다. 무서운 것도 탔냐고 물으니 최고 무서운 것을 5개 탔고 손도 올렸다고 대답했다. 바이킹은 맨 뒷자리에 탔다고.

 그래서 "우와! 대단한데? 나는 귀신은 안 무서워도 놀이기구는 못 타는데 너 정말 대단하다." 하고 톡을 보냈다. 아이는 신이 나는지 유튜브에서 자기가 탄 놀이기구를 찾아 공유해주었다. 보기만 해도 현기증이 난다고 했더니 웃는다.

 칭찬과 함께 대화하면 얼굴을 찌푸릴 일이 없다. 집에 돌아와서도 한참을 놀이기구 이야기와 영상을 보여줬고 최근 어느 때보다도 좋은 대화를 나눴다.

┃ 문제를 어떻게 해결하지?

자녀 문제 외에도 해결하기 어려운 문제들을 가지고 산다면 그 상황 때문에 더욱 힘들 수도 있다. 어떤 상황이든 나는 우리가 힘내서 살아가기를, 살아내기를 바라고 또 바란다. 방법이 없을 때는 최대한 잊을 수 있는 일을 하기를 권한다. 시간이 약이 될 수도 있다. 진부한 말, 귀에 들어오지 않는 듣기 싫은 말일 수도 있다. 그러나 시간이 흐르면 괴로움이나 슬픔은 어느 정도 엷어질 수 있다.

20대에 슬픔을 극복했던 경험이 있는데 그때 내 힘겨움이 엷어지기까지는 6개월의 시간이 필요했다. 슬픔의 정도에 따라, 또는 사람에 따라 다르겠지만 최소 6개월을 버텨보기를 권하고 싶다. 6개월이 길게 느껴진다면 쪼개서 오늘 하루만 버텨본다는 마음으로 매일 하나의 목표를 세우면 좋겠다.

친구의 지인이 1년 넘게 우울감을 느낀다는 말을 전해 들었다. 그는, 그의 주변인들과 아무런 문제가 없고 경제적 어려움도 없다고 했다. 다만 아이들을 다 키우고 나니 자신이 쓸모가 없는 사람 같다는 생각이 든다고.
요즘 자주 들려오는 '빈 둥지 증후군'인 것 같다.

그 자리에 함께 있던 사람들은 하나, 둘 조언을 해주었다. 운동 등의 취미활동, 종교활동, 전문가의 도움을 받아야 한다고... 모두 진짜 좋은 아이디어다.

나는 그의 삶을 다 알지 못해 듣기만 하고 의견을 내지는 않았다. 전문가의 도움을 제외하고 운동과 취미, 종교활동은 내가 이미 하고 있다. 진짜 많은 도움이 된다. 우울감이 들 때는 그나마 내가 하고 싶은 것, 또는 내가 할 수 있는 것을 찾아 하나라도 해보는 것이 도움이 됐다.

| 우울감을 줄여주는 취미가 있나요?

취미!

요즘 나는 독서에 진심이다. 좀 더 나이를 먹으면 노안으로 독서가 힘들 수도 있고 몸의 상태에 따라 취미활동에 제한이 있을 수 있다. 그렇지만 내 외할머니의 경우를 보면 절대 못 하는 것은 아니다. 80대 후반인 지금까지도 책을 즐겨 읽으시고 코로나 몇 해 전에는 해외여행도 함께 가셨다. 젊은 사람 못지않게 책을 읽고 여행지에서도 열심히 구경하셨다.

누구나 나이에 상관없이 원한다면 하루에 몇 페이지라도 읽을 수 있고 운동도 할 수 있다. 무리하지 말고 나의 상황에 맞게 조금씩 꾸준히 하면 된다. 그 조금의 차이는 꾸준함과 함께 큰 결과를 만든다. 요즘에는 도서관에 큰 글씨 책도 마련되어 있다. 책을 읽으려면 얼마든지 읽을 수 있는 좋은 세상이다.

우리 동네 한 청소년 아이는 독서대에 책을 꽂아두고 매일 조금씩 읽는다. 공부를 열심히 하고, 잘하는 아이다. 공부하느라 바쁘지만 틈새 시간에 독서와 운동, 피아노 등 많은 것을 조금씩 매일 꾸준히 해나간다. 어른보다도 자기관리가 잘 되는 보기 드문 훌륭한 아이다.

또, 내가 아는 80대 여성은 매일 하루 5,000 걸음 이상을 걷고 버스를 타고 몇 시간도 다닌다. 최근에는 가족이 있는 미국행 비행기에 올라 행복한 시간을 보내고 왔다. 건강하기에 가능한 일이다. 젊어서 심장병으로 고생을 하여 50살까지 살 수 있을까 생각했다는데 관리를 잘한 결과인지 나름대로 건강하게 살아간다.

'몸과 마음의 건강'은 의식주처럼 사람이 사는데 필요한 아주 기본적인 것이다. 충족되지 않으면 불편하고 힘들다. 나는 마음이 힘들 때면 다 잊으려고 잠을 많이 잤다. 그리고 기운을 차리면 밖으로 나가 걸었다. 외출해 걷는 것을 할 수 있게 된다면 또 다른 것들을 계속해서 시도했다.

| 서른의 나를 안아주고 싶다.

그 무렵의 어느 날이 떠오른다. 햇살이 따뜻했고, 꽃이 피고 하늘이 푸른 아름다운 날이었다. 지나가는 사람들도 모두 행복해 보였다.

나만 빼고.

꽃이 피고 하늘이 푸른
모든 게 아름다웠던 날.

지나가는 사람들도 모두 행복해 보이던 바로 그날이 나에겐 너무 가혹하리만큼 슬프게 느껴졌었다. 금방이라도 눈물이 떨어질 것 같았지만 꾹 참았다. 이렇게나 아프고 슬플 수 있는지 서른이 되기 전에는 그런 감정을 알지 못했다.

그런 마음 상태를 '극복'해보고자 나는 애써보려 노력했다. 겨울이 지나고 이제 햇살 좋은 봄인데 왜 나만 여전히 겨울처럼 차가운지. 그 후로도 오랫동안 감당하기 벅찬 마음의 파도 속에서 아무것도 하지 못하고 그냥 있었다.

포기하지 않고 잘 살아낼 수 있어서 다행이다.

지금은 꽃을 보면 그냥 예쁘고, 하늘이 푸르면 사진에 담기도 한다. 내 마음이 많이 건강해졌다.

나를 도울 수 있는 가장 큰 힘은
타인에게서 나오는 것이 아니라
나 자신에게 나오는 것이다.

우리는 위로 할 때 "힘내!"라고 한다.
힘은 '내는 것'이다.
남이 아닌 나 스스로 해야 하는 일이다.
누구도 나를 대신해 힘을 내줄 수 없다.

진짜 힘든 날에는 타인의 위로가
귀에 들어오지 않는다.
천천히 내가 나를 위로하고
스스로 힘내야만 한다.

이 책을 읽는 모든 사람이 힘을 내서 몸과 마음 건강하기를 바라고 즐거운 취미를 만들어서 삶을 더 '갓'하게 살며 더 행복할 수 있기를 진심으로 소망한다.

| 주부, 책을 쓰다.

 내가 사는 곳에서는 시민에게 '1인 1책 쓰기'를 권한다. 그 분야의 최고 권위자, 전문가, 지식인이 아니어도 자신의 생각을 글로 써서 책으로 출간할 수 있다.

 글쓰기는 구루_{guru}들만이 할 수 있는 일이 아니다. 직업에 상관없이 주부를 포함한 남녀노소 누구나 자기의 삶을 글로 표현할 수 있다. 우리의 삶을 글의 소재로 삼아 살아온 인생을 물 흐르듯 자유롭게 쓰면 된다.

 독서가 취미라서 책을 읽다 보니 나도 내 삶과 나의 경험을 글에 담고 싶다는 생각을 했고 나도 언젠가 평생 두고 다시 읽고 싶은 공감되는 글을 쓰고 싶다는 바람을 가지게 되었다.
 자기계발서를 몇십 권만 읽어봐도 '그 내용'이 '그 내용'이고 다 아는 내용 같기도 하다. 알지만 귀찮아서, 또는 작심삼일로 실천하기 어려워서 행하지 못하는 것이 많다. 그래서 자기계발서는 늘 다 못한 숙제 같고, 필요하기에 자주 찾게 되는 것 같다. 의욕이 생기게 도와주고 힘을 내게 용기를 주기도 한다.

독서를 하며 좋은 느낌을 받고 책을 덮는 것도 의미있지만 더 나아가 실천을 해야 더 큰 변화와 성장을 경험할 수 있다. 무조건 실천이 답이다. 알아도 실천을 못 하면 의미가 없다. 책을 읽을 때마다 몇 가지 실천할 수 있는 것을 정해서 꼭 해보자.

이 책은 독서, 루틴, 시간 관리 등에 대해 이야기한다. 또한 이 책은 생활 습관 개선에 관한 책이기도 하다. 우리의 하루는 습관과 깊은 관련이 있다. 좋은 습관과 나쁜 습관이 나의 하루를 좋게도 나쁘게도 만든다. 좋은 습관은 유지하고 발전시키고 나쁜 습관은 고쳐보자.

나의 좋은 습관과 나쁜 습관을 글로 적어보자. 글로 기록하면 좋고 나쁜 것을 구별하기 쉽고 습관을 한눈에 볼 수 있으며 자주 볼 수 있기에 습관 개선에 도움이 된다. 작은 습관의 변화들이 쌓여 나 자신을 제법 괜찮은 사람으로 만든다. 습관을 개선하고 시간을 관리하며 독서를 통한 배움을 계속해 나간다면 우리의 하루는 보람될 것이고 좋은 하루하루가 쌓여 좋은 인생을 만들 것이다. 나는 이 뻔한 이야기를 이 책을 통해 전하고자 한다. '아는 것'을 넘어 '실천'하는 것이 '힘'이다. 어떻게 개선하고 관리하면 좋을지에 대해 책의 뒤쪽에서 천천히 이야기하겠다.

책을 읽다가 떠오르는 생각을 책 여백에 메모하고 줄을 그어보자.

| 누구는 금수저, 누구는 흙수저

우리의 길은 모두 다르다. 요즘 수저 얘기 많이 하는데 누구는 태어나보니 금수저, 누구는 흙수저다. 내가 부모를 선택하지 않았고 부모도 마찬가지다. 하늘이 맺어준 **인연**으로 가족이 된다. 그렇게 태어나 어떤 수저라 불리든 순간순간 선택을 하며 나름대로 각자 인생의 길을 걷는다. 내가 흙수저고, 성공하고 싶다면 어떤 것이 필요할까? 물론 운도 있어야 하겠지만 우리는 '노력'에 집중해야 한다. 노력 없이 되는 것은 이 세상에 거의 없다. 공짜는 없다는 자세로 노력하자.

그렇다면 어떻게 노력하면 될까? 성공한 사람들에게서 배워보자. 성공한 사람들의 공통점은 모두 자신의 '시간'을 잘 관리한다는 것이다.

또한, 내 삶을 바꾸고 싶다면 시간뿐만 아니라 돈, 물자 등을 낭비하지 않는 것이 중요하다고 생각한다. 시간도 돈도 물자도 전부 관리가 필요하다. 작은 성취와 성공, 도전 후에 또 다른 작은 성취와 성공, 도전을 이어 나가야 한다. 그리고 조금 더 큰 일에도 도전해본다면 자신감과 자존감을 높일 수 있을 것이다. 자기관리를 잘하는 사람이 된다면 우리는 수저를 바꿀 힘을 얻을 수 있다.

| 포기하지 않는다면 폭풍도 언젠가는 지나간다.

나는 마흔을 사는 주부다. 초등학교 6학년 딸아이의 엄마
기도 하다. 나는 모든 게 다 처음이다. 결혼도 임신도 육아
도, 몇 년 전에 다섯 살 아이 엄마도, 지금 열세 살 아이 엄
마도 처음이다. 모든 게 처음인 서툰 나를 위로하고 잘하고
있다고 응원한다. 주저앉고 싶은 날에도 내가 나를 안기로
했다.

포기하지 않는다면
폭풍도 언젠가는 지나간다.

'상처'라는 단어에 대한 말이 기억이 나서 나눠보고자 한다.

타인과의 관계에서 생긴 마음의 상처는
내가 상대의 말을 듣고
그의 말을 그대로 인정해버렸기 때문에
내가 스스로 받는 것이다.
상대가 상처를 주었다기보다
내가 상처를 받은 것이다.
인정하지 않으면 될 일이다.

그러나 돌이켜 생각해 보면 그 말이 맞는 것 같기도 하니 속상해지고 결국 그의 말을 인정하게 된다. 그렇게 우리는 작아진다. 그럴 필요 없는데도 남의 말에 자주 흔들리고 만다. 때때로 인간은 나약한 존재다. 이 세상에 완벽한 사람은 아무도 없는데 비교하고 판단함으로써 이리저리 흔들리며 산다. 그렇다고 할지라도 굳게 마음먹고 작아지지 않을 수 있다. 더 나은 내가 되기 위해 하루하루를 강인하게 중심 잡고 의미 있고 보람되게 살아가고자 노력해 보자.

뛰어가기보다 천천히 걸어가자.
세상에 완벽한 사람은 없다.
나만 부족한 사람일 리가 없다.

지금 여러분은 무엇을 할 수 있는가? 지금 내가 할 수 있는 것부터 하는 것, 내가 원하는 대로, 하고 싶은 대로 하는 것, 작은 것이라도 실행해 성취하는 것만으로도 가치가 있고, 의미가 있다.

그리고 나는,
'나'로서
충분히 가치 있고
빛나는 사람이다.

| 나는 서른보다 마흔이 좋다.

 남편과 나는 마흔의 길을 평온하게 산책하는 중이다. 마흔의 우리는 서로를 필요로 하는 친한 친구가 되었다. 서로 의지하고 건강과 행복을 빌어주는 관계다. 그러나 서른을 살았던 우리는 그렇지 못했었다. 지난 10년 동안의 우리 이야기를 조금 해보고자 한다.
먼저 최근 이야기부터 풀어 보겠다.

 오미크론이라는 이름을 처음 들을 무렵 남편은 병원에 13일간 입원했었다. 회사에 잘 다니고 늘 알아서 잘 사니 내가 없어도 문제없을 것 같다고 느껴왔다. 남편이 병원 신세를 질 것이라고는 생각해 본 적도 없었다.

 어느 날 회사에 간 그에게서 연락이 왔다. 숨이 안 쉬어져서 병원에 가는 중이라고. 평소에도 엄살이 조금 있다고 생각해서 이번에도 별일 없을 줄 알았다. 여러 검사를 받았는데 폐에 바람이 빠져 쪼그라진 상태로, 병명은 '기흉'이라고 했고, 바로 입원했다. 한참 후 간호사님에게서 전화가 왔다. 원래는 코로나 상황이라 보호자 내원을 권하지 않지만 남편은 '기흉'으로 인해 겨드랑이 몇cm 아래쪽에 구멍을 내 삽관을 한 상태여서 거동이 불편하니 오라는 내용이었다.

별일 아닐 줄 알았는데 갑자기 이게 무슨 일인가 싶어 놀란 마음으로 부랴부랴 짐을 챙겨 병원으로 향했다. 아이는 친정에 돌봐달라고 부탁했고 2주간 학교에 가지 못했다. 그리고 나는 남자 환자들만 있는 6인실에서 13일간 남편과 함께 병원 생활을 했다.

다 큰 어른인 남편의 머리를 감기고 얼굴과 발을 씻어줄 일이 마흔부터 생길 줄은 몰랐다. 차도가 없어 폐 수술을 권유받았고 우리의 고민은 깊어졌다. 이곳도 종합병원이지만 수술해야 한다면 대학병원으로 전원하기로 했다. 그러나 사설 119를 부른다 해도 삽관하여 거동이 불편하고 통증이 심한 환자를 이동시키는 것은 보통 일이 아니었다.

결론을 못 내리던 중 담당 의사가 금요일부터 휴가를 냈고 월요일에나 오게 되었다. 그냥 월요일까지 폐가 펴지는지 지켜보다가 그때 마지막 확인을 하고 전원하자고 했다. 결론은 월요일에 기적처럼 폐가 펴졌고 다행히 전원하지 않고 수술 없이 퇴원했다.

남편과 24시간 붙어 긴 시간을 보낸 것이 처음이었고 그를 도울 수 있었던 것이 좋았다. 병실 안의 다른 환자들에게도 소소한 도움을 줄 수 있었다.

병원에서 나를 '보호자님'이라고 불렀다. 내가 그를 보호하는 사람이라는 생각을 한 번도 해본 적이 없었는데 그때 이후 나는 그를 보호할 책임이 있는 '보호자'임을 기억하기로 했다. 병상 위에 있으니 그도 연약한 사람이었다.

며칠 전에는 산에 올라갔다가 내려오는 길에 뱀을 발견했다. 뱀을 본 그는 그 자리에서 멈춰 섰다. 내가 보니 뱀의 머리는 식물에 가려져 안 보이고 길 위엔 꼬리만 보였다. 괜찮을 것 같아 얼른 뛰어넘어 가자고 제안했다. 그러나 남편은 위험하다며 아래쪽 무덤 옆으로 돌아가자는 것이다. 나는 무덤이 더 무서운데 군필자가 뱀 앞에서 한 걸음도 못 내딛다니.

위험해서 그렇다는데 내가 볼 땐 괜찮을 것 같았지만 결국 우리는 무덤 쪽으로 돌아서 내려왔다. 나무를 잡고 길이 없는 비탈을 내려가다 보니 자동으로 뛰게 되었고 의지와 상관없이 평지인 무덤 앞에 갑자기 멈춰 서게 되었다. 괜히 무덤 주인의 노여움을 살까 봐 겁이 나서 이미 저세상 분의 무덤을 바라보며 손을 모으고 고개를 숙이며 조용히 속삭였다.

"죄송해요. 뱀 때문이에요."

몇 년 전 어느 토요일의 일이다.

 집 인터폰이 울렸다. 관리사무실 직원이었는데 연락한 이유
는 다음과 같았다.

 ○○경찰서에서 남편 이름을 대며 우리 집과 연락이 닿기
를 원했다고 했다. 전화번호를 알려주며 얼른 해보라는 것이
다. 그날 남편은 오랜만에 토요일임에도 출근을 해서 집에
없었다. 경찰서에서 남편 문제로 집에 인터폰할 일이 뭐가
있을까 싶고 자꾸 안 좋은 생각만 들었다. 본인이 전화를
못 하고 경찰관이 대신 전화하는 상황은 두 가지밖에 없다
고 생각되었다. 전화를 못 할 만큼 크게 다쳤거나 더 최악
의 상황이 벌어졌거나.

 등에 소름이 끼치고 정신이 없었다. 남편에게 전화를 몇
차례 했지만 받지 않았다. 이제는 경찰서에 연락해 우리 집
을 찾은 용건을 확인해야 했다.

 그 와중에 '보이스 피싱'인가 싶어 검색창에 떨리는 손으
로 전화번호를 검색해 경찰서가 맞는지 확인해 보았다. 경
찰서가 맞았다. 불길한 생각은 통화를 할 때까지 사라지지
않았다.

그 몇 달 전에 남편이 회사 지하 주차장에 주차해놓은 차가 긁힘을 당했던 일과 또 다른 접촉 사고가 있었다. 경찰서에서 2건 다 해결했을 것이라 믿어서 잊고 있었다. 그 사이 남편은 전화번호를 바꾸었는데 이 일로 경찰서에서 남편과 연락이 닿지 않자 아파트 관리사무실에 연락했던 것이다. 처리 결과를 알려주는 것이었을 뿐 내가 생각했던 일들과 비교하면 아무 일도 아니었다.

그러나 나는 이미 너무 놀라 기운이 쫙 빠졌다.

떠오른 생각이 현실이었다면
내가 어떻게 해야 할까.
무엇부터 해야 할까.
두려움은 내 등줄기를 타고
온몸을 휘감는 듯했다.

평범하고 무탈하게 사는 오늘이
감사한 이유가 되어준 날이었다.

남편과 나는 서로의 보호자고, 짝꿍이고 친구다.

| 결혼 14년

나는 결혼을 한 지 벌써 14년이 됐다.
베테랑도 초보도 아닌 그냥 경력 14년 차 주부다.

 연애할 때는 여느 연인들처럼 즐거운 추억을 쌓았다. 서로 알아가던 중 처음으로 보성의 녹차밭과 인근 바닷가에 놀러 갔던 것이 기억난다. 바쁘게 살던 때라서 그 당시 노래는 알지도 못하고 가지고 있지도 않아서 우리는 학창 시절에 유행했던 신나는 노래들을 틀었다. 그는 나와 함께 했던 첫 여행을 너무 좋아했었다.

 먼 곳이라 저녁에 올라오며 피곤했을 것인데도 그는 계속 미소를 지었다. 그의 행복한 미소가 지금도 기억난다. 결혼을 약속하고 우리 둘이 더 좋은 미래를 맞이할 것으로 생각했고 미래는 긍정적이라고 예측했다. 둘이 열심히 살면 모든 것이 잘 풀릴 줄 알았다.

살아보니 결혼은 현실이었다.
 나의 삼십 대는 결혼과 함께 시작되었고 많은 날이 힘든 기억으로 얼룩져 있다. 내가 미숙해서 그랬고 남편도 철없고

어렸다. 나는 나의 30대를 결혼, 임신, 출산, 육아를 하며
다 보냈다. 남편과 함께 경제적으로 어려운 가운데 딸아이를
키우며 전에 겪어보지 못한 많은 시련과 시행착오를 겪었다.
지금 나의 마흔은 그 덕분에 조금은 더 단단해졌다. 힘겨운
때를 지나왔기에 비로소 작은 것에도 더 행복할 수 있는 것
같다.

| '끊을게' 대신 '사랑해'

우리 가족은 전화를 끊을 때의 규칙이 하나 있다. '끊을게' 대신에 '사랑해'라고 말하는 것이다. 6학년 아이와 남편도 규칙을 지키고자 노력한다. 모든 관계에는 노력이 필요하고 표현하는 것이 중요하다고 생각한다. 그렇게 예쁜 말들을 사용하면 없던 사랑도 생겨난다고 했다. 고맙다고 하면 정말 고마워지는 것이고 행복하다고 하면 정말 행복해지는 것이다. 그래서 사랑한다고 하면 정말 사랑하게 된다. 함께 이 규칙을 지켜나가면 더욱 사랑하는 가족이 될 것이다.

과거 이야기로 돌아가 보겠다. 우리는 시작부터 경제적으로 어려웠기에 사는 것이 고생스러웠고 견해차와 성격 차이를 극복하기 어려웠다. 그때 나는 그를 원망했고 그와의 삶이 답답했다. 내 인생에 끼어든 불청객이라는 생각에 마음 힘든 날이 많았다. 최종 선택은 내가 한 것인데도 후회가 됐다. 나를 사랑하는 사람과 결혼하면 잘 산다고 들었는데 우리에게는 맞지 않는 이야기 같았다.

사람 한 번 보고 어떻게 아느냐며 세 번만 만나보자고 했던 그였다. 딱 세 번 만나고 아니라고 말할 걸 그랬나.

아니 사실은 한 번도 만나지 말 걸 그랬다고 후회한 적이 많았다. 불평과 탓을 할 때마다 단점과 부정적인 생각에 사로잡혔고 나의 답답함은 점점 더 커져만 갔다.

내 30대는 마음의 파도 속에서 힘겹게 허우적대다가 지치곤 했다. 그를 선택한 것은 '나'였다. 다른 사람을 원망하고 불평하는 것은 의미가 없는 것이었다. 신혼 초에 나는, 그는 늘 틀렸고 나와 너무 다르다고 생각했다. 나는 그의 행동을 불평하고 비난하는 일이 많았고 급기야는 무시하기도 했다.

언젠가 남편이 통화 중에 친구와 하는 말을 우연히 듣게 되었다.

"아무래도 우리 갈라서야 할 것 같아."

세 번만 만나보자고 했던 그였는데.
그렇게 행복한 미소를 짓던 그였는데.

어쩌다 저런 말이 나오게 된 것일까. 나도 미운 말을 자주 했지만 그가 내게 저런 감정을 가지고 있다는 것이 유쾌하지 않았다. 아니, 뭘 잘했다고 저런 말을 하나 싶었다. 이렇게 된 것도 그의 탓이라고 생각했다.

그때 우리는 서로에게 지치고 또 삶에도 지쳐있었다.

　조금만 더 갔다면 우리는 지금 '남'이 되었을 것이다. 답이 없는 문제의 연속으로 우리는 힘들었다. 답이 없다는 게 정말 막막했다. 서로가 서로에게 '지옥'이었다.

　어느 날 아이와 함께 도서관에 갔다가 내가 읽을 책을 찾아보았다. 그때 눈에 들어왔던 것은 가정, 이혼 같은 주제였다. 남편은 미웠지만 진짜 이혼할 생각은 없었고 그저 개선되기만을 바랐다. 이 지경이라도 혹시 방법이 있을까 하는 마음이었다. 어떻게 하면 더 건강한 가족이 될 수 있는지를 알고 싶었다.

　개선 없이 그대로 살고 싶지는 않았다. 책을 보니 나처럼 남편을 대했던 사람들의 90 몇 퍼센트가 몇 년 안에 이혼했다고 나왔다. 잘못이나 단점, 마음에 들지 않는 부분들을 파헤쳐 지적하고 상대가 변명하고, 그 말을 듣고 또 반응하면 쌓이고 쌓여 관계는 계속 악화 되는 것이다. 개선하기를 바라서 했던 말들이 그의 가슴에 아프게 꽂혔고 변명과 함께 다시 내게 더 아프게 돌아왔다. 이대로 가면 우리는 '이혼' 이었다.

　나는 책에서 해답과 방법을 찾고자 했다. 그때부터 나는 그의 잘못이 아닌 나의 잘못에 집중하게 되었고 조금씩 고쳐보려 노력했다. 그러던 중 남편도 아주 조금씩 변화되었다. 그도 그때의 우리가 행복하지 않음을 느끼고 있었고 그런 지옥 같은 삶에서 벗어나고 싶었을 것이다.

우리 두 사람 모두 진정으로 원한 것은 헤어짐이 아니었다. 양쪽 모두 이해와 존중을 받고 싶었고 자신의 말을 들어주길 바랐으며 사랑받고 싶었던 것이다. 우리는 행복하지 않았다.

그 시절 귀여운 딸의 재롱이 유일한 낙이었다. 철없고 어렸다며 슬쩍 넘어가고 싶을 정도로 부끄러운 나의 서른.

지금보다 젊고 예뻤을 서른.
그러나 절대 다시 돌아가고 싶지 않은
악몽 같았던 서른.

그 서른이 지나갔다.

| 황금률

'황금률'이라는 말이 있다. 성경 속 예수님의 가르침에서도 볼 수 있고 자기계발서에서도 자주 보여서 여러분도 잘 알고 있을 것이다. 황금률은 남이 내게 해주기를 바라는 대로 먼저 남에게 해주라는 뜻을 담고 있다.

내가 존중과 사랑을 받고 싶다면
내가 먼저
상대방을 존중하고 사랑하는 것이다.

이렇게 할 때 부부는 사이가 더 좋아지고 가정은 더욱 화목해지며 사회는 더욱 건강해질 것이다. 늘 역지사지의 마음으로 이해하고 배려하는 마음이 필요하다. 관심을 가지고 상대의 필요사항을 살피고 도우려 노력한다면 대부분의 갈등은 해결될 것이다.

우리의 모든 잘못이 10개라면 내 잘못이 2개고 그의 잘못이 8개라고 생각했다. 그 2개도 그의 잘못 8개가 선행되어 생긴 것이기에 다 그의 탓이라고 생각했고 어느 정도 설득력이 있었다.

그래서 나의 잘못 2개에 아무런 책임을 느끼지 않았다. 당연히 모든 잘못이 그의 탓이라고 생각했다. 그 생각이 우리를 더욱 멀어지게 했다.

'틀린 것'도 꽤 있었지만 많은 부분이 '다른 것'이었고 '이해'하려는 열린 마음이 필요했었다. 내 마음에 들지 않는 것이 전부 그의 잘못은 아니었다.

인터넷에 돌아다니는 그림 중 인상 깊었던 것이 있다. 두 사람이 마주 서서 바닥에 쓰여 있는 글자를 두고 다투는 그림이다. 한 사람은 6이라고 했고 다른 한 사람은 9라고 하며 양보 없이 다툰다. 6도 맞고 9도 맞다. 그 사람의 위치에서 본다면 그렇게 보이니 말이다. 상대방의 위치에서 본다면 상대의 말도 맞다는 것을 금방 알아차릴 텐데 내 말이 확실히 맞다고 생각하기 때문에 다른 것을 이해할 필요를 느끼지 못하고 상대에게 나의 주장만 펼친다.

받아들여지지 않으면 '말이 안 통하는 상식 이하'라며 무시하거나 비난을 할 수 있다. 그것이 내가 했던 잘못과 실수였음을 뒤늦게 깨달았다. '그'보다 내가 나은 사람이었다면 조금 더 현명하고 너그러웠어야 했지만 나는 그렇지 못했다. 내가 볼 땐 정말 6이었다. 그것이 상대방의 입장에서는 9일 수 있다는 생각은 전혀 하지 않았다.

6이 확실히 맞았으니까.

누가 봐도 그의 잘못이 명백하더라도
내가 그러지 않았다면 어땠을까?

그랬다면

우리의 서른은
서로의 기억보다
더 행복했을까?

| 단점만 있는 사람은 세상에 없다.

우리는 상대의 단점은 잘 알고 있어도 장점은 당연하게 생각하는 경향이 있다. 또 남의 단점은 잘 파헤쳐도 자신의 단점에는 관대한 사람이 많다. 나와 상대의 장단점을 진지하게 생각해 보자.

단점만 있는 사람은 세상에 없다.
장점만 있는 사람도 세상에 없다.

사람은 누구나 불완전하기에 완벽한 사람은 세상에 없다. 신이 아닌 인간이 어떻게 완벽하겠는가. 살며 흑역사 하나 추가하게 되어 낙심하게 되더라도 사람은 누구나 불완전하다는 것을 기억하자. 나만 그런 것이 아니라는 점이 큰 위안이 된다.

중요한 것은,
같은 실수, 같은 잘못을 또다시 반복하지 않아야 한다는 것이다. 노력한다면 우리는 불완전함과 단점을 조금씩이나마 극복해 나갈 수 있다. 나의 단점은 고치도록 노력하고 타인의 단점은 살짝 눈감아 주며 장점을 볼 수 있으면 좋겠다.

부부로 같이 살다 보면 배우자의 장점과 단점이 보인다. 배우자도 완벽할 수 없다. 단점은 잠시 접어두고 장점에 대해 이야기 하겠다.

 내 남편의 장점은 '다정함'이라고 생각한다. 남편은 요리를 잘해서 지난 10여 년간 내게 맛있는 음식을 많이 해주었다. 평소 주부인 내가 더 많이 밥을 차려줬는데 가끔 그 정도도 못 하나 하는 생각을 하면 고마울 리 없다. 그러나 회사에 다니며 하루 종일 일하고 힘들었을 그가 가족을 위해 가끔 저녁도 차려주었다고 생각하면 무척이나 고마운 일이다. 내 기억 속에 남편의 다정함은 또 있다. 내가 아이를 임신했을 때였다. 남편이 어릴 때 피아노를 배웠었는데 자라면서 연습하지 않았다고 했다.

 세월이 흘러 다시 피아노 앞에 앉아서 배 안의 아기에게 들려준다며 연습했다. 처음에는 많이 틀렸지만 매일 꾸준히 연습해서 몇 곡을 아주 아름답게 연주할 수 있게 되었다. 그 후 남편은 다시 피아노 레슨을 받으러 다녔고 현재는 어렸을 때 실력을 넘어서게 되었다.

 내가 이 글을 쓰는 지금도 멀리서 남편의 피아노 소리가 들려온다. 익숙한 노래인데 조정석씨만 생각나고 제목이 뭔지 기억이 나지 않아 물어보았다. '아로하'라고 대답한다. 맞다. '아로하'다.

피아노 선율에 가사가 오버랩되며 아주 스윗하게 들려온다. 나는 남편의 다정한 모습을 볼 때 편안함을 느낀다. 물론 사람은 누구나 다정함의 반대 모습도 가지고 있지만 배우자의 단점이 아닌 장점에 집중해 본다면 우리의 관계는 훨씬 더 좋아질 것이다.

장점에 대해 칭찬을 해보자. 칭찬은 배우자를 더욱 친절하게 만들어 줄 것이다. 어른, 아이 할 것 없이 칭찬받으면 은근히 기분 좋은 법이다.

칭찬은 상대방의 하루에
미소를 선물하는
가장 쉬운 방법이다.

| 배우자에게 감사하는 것은?

 내가 남편에게 감사하는 점은, (사람은 안 바뀐다는 말도 있으나) 그가 좋게 변화되었고, 계속 변화되고 있다는 것이다.

 이제 우리는 전보다 더 사이좋은 부부가 되었다. 아침에 헤어질 때, 그리고 돌아왔을 때 서로 응원의 마음을 담아 안아주는데 그때 느껴지는 그 따스함을 남편은 늘 좋아한다. 그는 가끔 가방에서 과자를 꺼내 우리에게 나눠준다.

 누군가에게 받은 과자를 먹지 않고 가져오곤 하는데 그 소소한 행위를 우리가 좋아한다는 것을 알기 때문이다. 남편은 출장을 가면 그 지역 특산물 중 맛있는 것을 사 오기도 한다. 가끔은 친정 부모님 드시라고 한 박스 더 사 온다. 그래서 나도 가끔 우리 것을 살 때 같은 것을 더 사서 시가에 보내기도 하고 필요해 보이는 물건이 있으면 기억했다가 사 드린다.

 최근 남편은 내 부모님을 위해 맛있는 요리를 직접 만들었고 함께 좋은 시간을 보냈다. 이 모든 것이 나의 행복을 위해 그가 마음 써준 일이었음에 감사한다.

| 이생망, 이번 인생 망했다?

우리가 함께하는 것이 뭐가 있을까 생각해 보았다. 우리도 남들처럼 함께 여행을 가고 산책하고, 사진을 찍는다. 그 외에도 남편과 나는 같은 교회를 다니다가 만나서 결혼했기에 여전히 같은 종교를 가지고 살아간다.

정숙한 옷을 입고 좋은 말씀을 배우며 활기차고 의욕 있게 한 주를 시작하려고 한다. 더 좋은 사람이 되고자 노력하고, 한 주간 나의 부족함을 고백하며 회개하는 날로 삼기도 한다. 또한 예수님의 가르침에 따라 살아가려 하는 것이 공통점이라고 할 수 있겠다.

솔직히 말하자면, 결혼하고 10년 동안은 이번 인생 망했다고 생각한 적이 많았다. 그러나 10년을 고생하고 나니 어지간한 것에는 쌍방 귀찮게 싸울 생각도 없어졌고, 실제로 남편이 전보다 잘하고 있어서 불평할 것도 별로 없다. 지금은 마음이 편안해졌다. 이것이 내가 받은 서른의 보상, 마흔의 선물일까?

나는, 오래전 예배를 드리는 중에 나를 쳐다보던 그 교회 오빠와 결혼해 지금도 함께 교회에 간다.

모태신앙이 되어 버린 아이까지 데리고.

우리의 공통 관심사, 가치관은 종교와 관련이 있고 늘 함께 신앙을 가지고 사는 것이 참 좋다. 둘이 저녁 산책을 하는 것도 함께 하는 소소한 행복이다.

이제는 '이생망'이라는 생각을 더 이상 하지 않는다. 못 참고 관뒀더라면 지금만큼의 행복도 누리지 못했을 것 같다.

최근에 우리는 부산 여행을 다녀왔다. 남편은 멋진 호텔을 예약했고 다 같이 좋은 음식을 먹었다. 호텔 비용에 한 번 놀랐고 호텔 음식 가격에 또 한 번 놀라 음식 맛을 제대로 즐길 수 없었다. 나는 아직 우리가 샴페인을 터뜨릴 상황이 아니라고 생각하고 있었다.

반면 남편은 일 년에 두 번, 아이 방학에 맞춰 가는 휴가에 가족에게 좋은 숙소와 맛있는 음식을 대접하고 싶었다고 했다. 코로나가 어느 정도 안정되면서 남들은 해외여행도 가기 시작하니 우리는 국내 여행이라도 즐기자는 생각이었나보다. 아직도 우리는 생각이 다르기도 하고 여전히 나는 잔소리를 하기도 한다. 2박 3일 동안 지출한 비용을 생각하면 너무 아깝다는 생각이 들기 때문이다.

1박이 우리 집 두 달 관리비인데 이틀이니 넉 달분이다. 호텔에서의 일가족 식대는 우리 집 한 달 식대 정도 되었다.

남들은 말한다.
여행을 갔으면 즐겨야 한다고.

맞다. 나는 아직도 많이 변하지는 않았다. 우리가 겪는 문제가 6과 9의 문제인지, 한 사람이 옳은지, 둘 다 맞는지, 둘 다 틀리는지, 마흔이 넘은 지금도 나는 여전히 자주 헷갈린다. 그렇지만 남편이 가족을 생각해준 그 마음 자체에는 감사할 일이었다.

| 남편의 생일

 작년 초겨울의 이야기다.

 그날은 남편의 생일이었고, 막 출근한 남편에게서 톡이 왔
다. 아이 학교까지 데려다줬고 자신도 회사에 잘 도착했으며
덕분에 아침을 잘 먹어서 고맙다는 내용이다.
 그날은 특별한 날이니 내가 편지를 쓰려고 했었는데 아침
이 생각보다 분주해 카톡으로 답을 했다. 전날 미리 썼어야
했다.

 내용은 다음과 같다.

당신이 태어났던 19○○년의 11월 ○일도
오늘처럼 태양은 떠올랐겠지.

오늘 하루도, 앞으로의 일 년도
하나님의 보호와 사랑으로 행복하고
건강하고 안전하기를 기도해.

지난 10여 년간 나와 함께 사느라 수고했어.
그 시간 속에도

소소하게 행복한 날은 자주 있었다는 것을 잊지 말자.

앞으로 더 좋은 사람이 되고자 노력하고
부족했던 부모의 허물을 벗고
자녀 앞에 멋지게 자리 잡아
사랑과 존경의 대상이 될 수 있도록
최선을 다해 살아가자.

나와 함께했던 시간이
당신에게 행운이었다고 생각될 수 있도록
나도 더 노력할게.

우리가 서로 힘이 되고 도움이 되길.
감사하고, 사랑하고, 진심으로 축하해!

　초겨울 언제부턴가 내가 사는 집에서 해가 뜨는 것을 볼 수 있었다. 아침 해는 '동절기'만의 선물이다. 특별히 아침 해를 찍어 글과 함께 보냈다. '당신이 태어났던 그날에도 오늘처럼 태양은 떠올랐겠지'라는 문구는 그래서 넣은 것이다.

| 결혼은 현실

결혼 후 10년까지를 돌아보면 구구절절 소설을 쓸 수 있을 정도다. 남편 가족의 사업 부진으로 경제적 어려움을 겪는 중에 결혼했다.

남편은 당시 작고 오래된 아파트를 풀 대출로 장만했다. 이곳에서, 이런 상황에 우리 둘은 함께하기로 약속하며 낡은 아파트에서 새 삶을 시작했다. 둘이 알콩달콩 살면 행복할 줄 알았을까. 지금이라면 결혼이 현실임을 알았을 것인데 그때는 이 결혼의 미래가 어떻게 될지 전혀 예상하지 못했다.
나와 같은 아파트에 살아도 감사하며 행복하게 사는 사람도 많지만 나는 결혼 생활에 만족하지 못해서 그랬을까 우리가 사는 집조차도 너무 맘에 들지 않았다. 집 구조 때문에도 더 그랬다.

게다가 경제적 어려움을 가지고 시작한 결혼이기에 나는 항상 돈을 쓰는 것에 부담을 느꼈다. 아파트 대출금에 떠안은 빚까지 있어, 빚이 나를 목 조르고 뒷덜미를 잡는 느낌이었다. 이렇게 살아본 적이 없었다.
가족이 서로 도와 난관을 극복하는 것은 좋은 일이지만

무거운 빚 앞에서 미소를 간직하기는 어려웠다. 나는 더 나은 환경을 원했다.

심리적으로 안정되지 않아서일까
욕심 때문에 마음이 채워지지 않아서였을까.

나는 늘 내 환경을 싫어했다.

돌아보니 집만의 문제라기보다
내 마음이 그때 많이 아팠던 것 같다.

　우리는 결혼 후 신혼여행지에서부터 식사와 선물 구입에 의견이 맞지 않아 결국 다투고 말았다. 남편은 어려워지기 전의 여유롭던 생활을 못 버려 그런가 그의 선물 선택이 현재의 형편과 맞지 않는다는 생각 때문에 내 마음이 불편했다. 결국 여행지에서 내 감정을 표현하여 쌍방 마음이 상하게 됐다.

　결혼을 해보니 서로 생각보다 라이프 스타일이 맞지 않고 성격 차이도 심했다. 얼굴 찌푸릴 일이 자주 일어났다. 우리의 문제를 어디서부터 풀어야 할지 답이 없었다.

사실, 풀고 개선해야 하는 정도가 아닌 완전 개조가 필요
한 지경이라고 생각했다.

돈 때문인가.
가치관 때문인가.
성격 차이 때문인가.
욕심 때문인가.
모두 다인가.

 어쨌든 삐걱대는 의자처럼 불편하고, 많은 것들이 마음에
들지 않았다. 언제 부서져 버릴지 모를 우리는 한참을 더
불행하게 살았다.

 둘이 만나 더 발전하면 좋은데 우리는 둘이 만나 영혼까지
점점 더 망가져 엉망이 되어갔다. 너무 답답해서 이렇게 말
한 적도 있다.
"당신을 보니 가난한 사람은 가난한 이유가 있는 것 같아."
"왜 이렇게 철이 없어."
 못된 말이지만 그런 말을 하기까지 나는 미치게 답답한 날
이 많았다.

 우리는 많이 달랐다. '다름'을 '틀린 것'으로 생각해 거의

내가 먼저 말을 꺼냈고 대화의 끝은 대부분 좋지 않았다.

너무 다른 우리가 가족이 된 것은 서로에게 고통스러운 일이 되었다.

나는 즉흥적으로 무언가를 선택하기보다 철저히 비교하고 분석하여 결정하는 사람이다. 당시 우리는 그래서 맞지 않았고 이해가 되지 않았다. 나는 고집스러울 만큼 원리원칙을 지키는 사람이고 융통성이 부족했다. 남편은 자유분방했고 그때그때의 즐거움을 선택하면서 살았으며 상황에 비해 긍정적인 사람이었다.

나는 스스로 통제되는 범위 내에서 산 반면, 남편은 통제의 당위성조차 느끼지 못했고 당시 내가 통제하기도 버거운 사람이었다. 나는 그가 살아온 환경과 성격 등을 고려하지 않고 무조건 통제하려고 했다. 돈과 관련해서는 더욱더 그랬다. 좁은 아파트에서 벗어나고 싶었기 때문이었다. 그리고 내 뒷덜미를 잡는 빚, 그것도 우리가 만들지 않은 '빚'에서 해방되고 싶었다.

부부가 한 목표를 가지고 살아야 한다고 생각했고 어느 정도 스스로를 통제하고 절제하며 사는 게 옳다고 믿었다.

그것은 '우리'가 아닌
'나'의 목표였고
내가 정한 일방적인 규칙이었다.

 나는 우리가 규칙을 지키는 것이 배려이고 사랑이라고 생각했지만 남편은 과한 침해라고 느꼈던 것일까 견디기 힘들어했다. 그렇게 살아본 적이 없었던 것 같다. 물론 나도 그렇게까지 살아본 적은 없다. 다만 형편에 맞게 살아야 한다고 생각했고, 미래를 내다보니 다른 방법이 없는 같아서 아이 어릴 때 빨리 일어서는 것이 답이라고 생각했다. 우리의 노후와 아이 교육까지 생각하면 여유롭게 살 방법이 떠오르지 않았기 때문이었다.

 결과적으로 타이트하게 산 것이 마흔을 조금 더 편안하게 해준 결과가 되었지만 그렇게 살았던 서른의 많은 밤과 낮은 눈물과 한숨 속에 지치는 날이 많았다. 때론 나 자신이 한심하게 여겨졌고 스스로에게 긍정적인 생각이 들지 않았다. 아무 희망도 가지지 못했고 아이만 보며 견뎠다. 몸도 약한 어린아이를 두고 내가 뭘 할 수도 없는 신세라고 생각했다. 그 무렵 나는 자존감도 바닥이었고, 불면과 우울을 정신력으로 버티며 보냈다.

남편은 입사 후 지금까지 한 직장에 근속했고 수입이 꾸준히 들어왔지만 경제적 어려움은 급여를 받아도 금방 해결되지 않았다.

빚은 성격 차이를 비집고 우리 사이를 점점 더 벌려놓기 일쑤였다. 게다가 서로 너무 맞지 않는다면 결혼은 이렇게나 어렵고 힘든 것이다.

'노답'이었다.
설상가상으로 아이도 어릴 때 몸이 아파 입원하는 경우가 종종 있었고 몇 년간 추적검사를 하기도 했다. 모든 상황에서 마음을 잡고 씩씩하게 사는 것이 힘들었다. 뭘 어떻게 해야 하는지 답을 알지 못했다. 내 주변을 둘러보면 다들 편안하고 행복해 보이는데 '왜 나에게만...'이라는 생각이 들곤 했다.

우리는 분명 어른인데 마음속에는 아이가 살았나 보다. 지금 돌아보면 우리는 어쩔 수 없이 어른 행세를 하며 산, 30대를 막 시작했던 무늬만 어른인 부족한 신혼의 부부였다.

어떻게 견딘 것인지 약이 되어준 시간을 타고 벌써 마흔을 살고 있다. 힘겹게 지나가 버린 내 젊음, 내 십 년이 아깝게 느껴지기도 하지만 수없이 맞은 시련 속에서 다듬어지고 단련된 마흔의 나를 나는 사랑하게 되었다.

 그리고 남은 나의 '마흔'을 기대한다.

 경제적 어려움, 남편과의 불화, 아이의 건강까지, 모든 것이 과거의 일이 되었다. '서른'에 겪었던 큰 문제들이 대부분 해결된 평온한 마흔이 나는 더 좋다.

| 시간 부자, 전업주부

40대의 전업주부라고 하면 어떤 이미지가 떠오를까 궁금하다. 나는 주부이면서 아내이고 엄마다. 혹시 나와 같은 전업주부인 사람이 있다면 지금 자신의 삶에 만족하는지 묻고 싶다.

나는 과거에 학생, 무역사무원, 비서라는 직업을 가졌었다. 결혼 후에는 친언니와 함께 작은 법인회사를 설립해 운영했고 지금도 회사는 운영된다. 다만, 나는 회사 일을 내려놓고 주부의 삶에 빠져있다. 주부의 일을 하지만 주부의 일만 하고자 함은 아니다. 나는 남은 인생을 지금과는 다르게 살고 싶어서 지금을 준비의 시간으로 삼고 있다. 하지만 주부로서 할 일도 잘 해내는 사람이 되고자 한다.

전업주부라는 것은 무능력의 대명사가 아니다. 이보다 중요한 직업이 또 있을까? 그리고 마흔의 전업주부가 되니 이보다 좋은 직업은 별로 없단 생각이 든다. 누구나 다 전업주부를 할 수 있는 것은 아니기에 나는 이게 가능한 지금이 좋다. 앞날은 아무도 모른다. 단지 지금 시간 부자가 되었으니 주어진 '시간'을 잘 활용해 보려고 마음먹었다.

마흔이 되니 아이도 어느 정도 자라 손이 덜 간다. 지금부터 새로운 꿈을 향해 노력할 시간이 많다는 뜻이다. 백세시대, 지금 내 인생에 대해 진지하게 생각해 보기 좋은 나이다.

 어떤 주부들은 아이들을 열심히 키우고 40대, 50대를 보내며 갱년기를 맞고, 자녀가 학업이나 취업, 결혼 등의 이유로 집을 떠났을 때 내가 할 일이 없다는 것을 느끼며 허전함에 우울감을 토로한다. 자신이 가장 열심히 한 일은 아이를 키우고 집을 돌보는 일이었는데 아이들이 없다는 것에서 큰 상실감을 느끼는 듯하다.

 너무 열심히 집과 아이들만 돌보며 살아서 그런 걸까? 아이들을 잘 케어하는 것이 부모로서 정말 중요하지만 아이뿐만 아니라 나 자신도 항상 잘 돌보아야 한다. 우리 마음속에도 소중한 아이가 하나 살기 때문이다.

 나의 미래의 상황들을 예상해보고 대비하며 현재를 점검할 시간을 갖는 것은 '마흔'을 사는 우리에게 '지금' 필요한 일이다. 필요하다면 원하는 공부를 더 해도 좋을 것이다. 나는 현재 별문제 없이 살아가고 있지만 미래는 아무도 알지 못하니 지금 미래를 위해 준비하고 있다.

 전업주부는 시간을 낼 수 있는 이점이 있고 주부로 살며 터득한 삶의 지혜와 능력을 가졌다. 다음 스텝을 준비하기 정말 딱 좋은 때다. 안 좋은 일이 생길까 봐 대비하는 것도 필요하지만 긍정적으로 좋은 날을 위해 준비하는 시간으로 삼아보자. 마흔에도 공부하자.

'이 나이에 무슨' 하고 용기를 내지 못하는 사람도 있겠지만 지금이 정말 딱 좋은 나이다. 믿어도 좋다. 우린 아직 젊다.

검색창에 가정주부가 하는 일이라고 입력해 보면 일과 직업에 관한 내용이 나온다. 하루 몇 시간을 집안일을 하고 아이들을 돌보는지, 어떤 일을 하는지 알 수 있다. 주부가 아닌 사람들도 어머니가 하신 일을 봤다면 누구나 주부가 어떤 일을 하는지 알 것이다. 주부의 일은 세상에서 가장 창의적인 직업 중 하나라는 문장을 읽으며 크게 공감했다. 내 경우 회사 일보다 집안일이 더 재미없고 어렵다고 생각한다. 절대 쉬운 일이 아니다. 이걸 남에게 맡긴다면 한 사람분의 급여를 주고 고용해야 한다.

주부는 정말로 창의적이면서도 다양한 일을 한다. (회사로 치면) 주부는 혼자서 많은 부서의 일을 해내니 엄청난 능력자다. 누가 시키지 않아도 스스로 알아서 능동적으로 하는 '대표'와 같은 마인드를 가지고 많은 것에 신경을 쓰고 관여한다.

내가 주부로서 하는 일을 생각해 보면 집안일은 기본이고 가족과 지인의 경조사를 챙기거나 내조를 하는 등 비서업무와 흡사한 일을 하고 총무부처럼 돈 관리를 한다. 구매 부서처럼 가족의 필요한 물건을 온, 오프라인에서 마련한다.

또한 아이의 인성과 공부, 독서를 코치한다. 잃어버린 물건을 찾다가 못 찾으면 모두가 다 엄마(아내)를 찾는다. 엄마는 탐정처럼 그 물건을 찾아내 의뢰자에게 전달하는 능력자다. 그 역할을 대신해 줄 사람은 거의 없다. 엄마는 수퍼히어로superhero다.

아이가 어릴 때는 24시간이 모자란 듯 가족과 집을 돌보지만 마흔이 넘은 지금은 시간의 여유가 있다. 주변 사람들을 둘러보니 지금 요가나 필라테스, 폴댄스 등 무언가를 배우러 다니는 사람이 많다. 나뿐만 아니라 많은 사람에게 마흔은 시간의 여유를 가져다주는 좋은 나이다. 취업하거나 어학 시험, 공인중개사 등의 각종 자격증을 취득하는 사람들도 보았다.

열심히 하는 사람은 육아나 집안일을 오랫동안 할 수도 있겠지만 마흔엔 보통 그렇게까지 하지 않는다. 10년 넘은 노하우로 집안일 하는 시간을 꽤 줄일 수 있고 육아도 편해졌다. 전보다 많은 일을 아이 스스로 하기에 어려움이 없다.

집안일을 남에게 맡기면 큰돈이 지불되니 전업주부는 돈을 벌지 않아도 돈을 벌고 있는 것이다. 베테랑이 아니더라도 신입사원 같지도 않다.

마흔의 주부는 나름대로 꽤 숙련된 경력자다.

우리는 주부이면서 아내이고 엄마다. 정말 중요한 존재이므로 경력 있고 숙련된 '나'를 사랑하고 존중해도 된다. 결혼했거나 아이를 낳아봤거나 주부 경력 10년이 넘었거나 이 중 하나라도 해본 사람이라면 다시 꿈을 이룰 힘만 내면 되는 것이다. 큰아들로 불리는 남편과 살거나 때론 상전 같은 Z세대, 알파 세대 자녀를 키워봤다거나 태중에 아이를 키우고 출산했다는 그 자체로도 대단한 일이다. 가끔 사람들에게 듣는 말이 있다.

"아기도 낳아본 여자가 겁날 게 뭐야."

그렇다. 내가 겁날 게 뭐며 어려운 일도 많이 해본 '나'인 만큼 할 수 있다고 생각하며 강인함을 키우고자 마인드 컨트롤을 하곤 한다. 나는 꽤 괜찮은 사람이라고 스스로를 격려한다.

| 난 뭘 위해 살고 있지?

 돌아보면 나의 역할은 가족의 필요를 충족해주는 것이었다. 가족이 귀가해 쉴 때 쾌적하고 편안하도록 공간을 깨끗하게 관리하는 것이 나의 일이었다. 집안일을 제대로 하지 못하여 지저분한 상태가 되면 스트레스를 받기도 했다.

 내가 주부로서 주로 하는 일은 청소, 정리 정돈, 빨래, 설거지 외에도 형광등 교체, 보일러 고장 AS 신청, 관리사무소에 문의를 하는 등의 일이 있다. 관리비 용지 등의 우편물을 집으로 가져다 놓고 집에서 나온 쓰레기를 분리 배출한다. 먹을 음식을 마련하고 요리해서 가족을 먹인다.

 모든 것은 나를 위한 일도 되지만 대부분 가족 모두를 위한 일이기도 하다. 집을 어지르는 것, 음식을 먹는 것, 옷을 입고 빨래를 내놓는 것은 온 가족이 하는 일이지만 주부인 나는 주로 내가 도맡아 집안을 돌보았다. 시대의 흐름과 맞지 않게 구태의연한 사고를 가진 듯 전업주부는 당연히 이렇게 해야 하는 것 같았다.
 그러다 매일 비슷한 일을 하는 것이 단조롭다고 느끼던 즈음 아이도 어느 정도 성장했으니 이제 아이가 아닌 나 자신에게 집중해 보기로 했다. 아이도 지나친 관심은 원하지 않는 나이가 됐다. 속으로는 세심하게 살펴야겠지만 겉으로는 한 걸음 떨어져 이웃집 아이처럼 대하는 게 훨씬 좋다고 들었다. 그런데 이게 쉽지 않다. 그렇기에 이제는 아이에게서 독립해 아이보다 자신에게 더 관심을 두고 신경 써야 한다.

아이의 인생에 간섭을 줄일수록 관계는 좋아질 것이다.

| 남이 아닌 나에게 관심 두기

나는 학기마다 도서관에서 관심 있는 강의를 신청하여 듣는데 이번 학기에는 그림책과 관련된 글쓰기를 배웠다. 평일 아침 10시에 시간을 낼 수 있는 사람들은 대부분 전업주부인데 이들은 자신이 뭘 하고 싶은지를 물었을 때 생각해봐도 잘 모르겠다는 말에 공감하고, 이런 것에 대해 생각해보지 못한 듯한 표정이다. 도대체 '왜' 나는 뭘 하고 싶은지도 모를까를 생각하며 심각해지는 모습을 보았다. 나 역시도 그랬다.

아이 키우느라 바빠서 그런 생각조차 해본 적이 없는 사람도 많을 것이다. 그러나 이제는 강의를 들으러 올 여유가 생겼으니 천천히 내가 뭘 하고 싶고 무엇을 하는 것을 좋아하는지 '나'에 대해 진지하게 관심을 가져볼 때가 된 것이다.

은행에 다니다가 육아를 위해 전업주부가 되었다는 A씨는 요즘 헛헛함을 느낀다고 했다. 예전에 함께 일하던 직장동료들은 모두 승진했고, 회사 다니면서 아이도 그런대로 잘 키운 것 같다고 했다. 내 아이를 내가 키워야 한다는 생각으로 퇴사했는데 생각만큼 아이를 잘 키운 것 같지도 않다며 후회가 되는 듯했다.

　경력단절 여성들이 공감할만한 이야기다. 아이를 '내 모든 것'이라고 생각하고 살았던 시절을 지나 이제 자녀에게서 분리되어 나를 찾아야 하는 때가 된 것이다.

　아이가 두 살 때 1년 정도 어린이집에 보냈던 기억이 난다. 어린이집을 처음 보낼 때 엄마에게서 떨어지는 경험을 하는 아이들은 자지러지게 운다. 심지어는 아침에 떨어지지 않게 엄마에게 안겨 몸을 꼭 붙들고 있다가 선생님이 억지로 떼어내면 오열하며 들어간다. 그렇게 들여보내고 집으로 오면 엄마인 나도 아이와 마찬가지로 허전함을 느꼈었으니 분리불안은 아이만 느끼는 것은 아니었던 것 같다. 그러나 그런 아기들은 시간이 흐르면서 적응하게 되고 잘 다니게 된다.

　이제 6학년인 아이는 내게서 어느 정도 독립한 듯이 친구들과의 시간을 즐긴다.

언젠가 들었던 부모교육에서 강사님이 했던 질문이 기억난다.
　엄마 나이 몇 살이에요?

　다들 자기 나이를 이야기하자 계속해서 다른 부모에게 질문했다. 한 아버지에게 질문이 닿자 눈치 빠르게 다섯 살이라고 대답했고 비로소 강사님의 질문이 끝났다.

아이가 다섯 살이면 나도 엄마가 된 지 다섯 살만큼 자란 것이고, 아이가 열세 살이면 나도 엄마가 된 지 열세 살만큼 성장했다는 것이다.

내 나이와 상관없이 내가 아이를 낳아 경험한 시간만큼 우리는 부모로서의 경력을 쌓은 것이다. 그래서 열세 살 아이가 성장한 만큼 나도 열세 살 엄마로서 계속 성장해 온 것이다. 독립심이 자라나는 우리 아이처럼 열세 살 아이 엄마인 나도 독립이 필요한 때가 되었다.

강의 수강과 독서는 나에게 큰 도움이 되고 있다. 아이밖에 모르던 아기엄마가 아닌 성장한 지 13년 차인 제법 독립적인 '나'로 살기로 했다. 이제 내게 '아기'는 없다.

내가 가족과 함께 있는 것은 그들을 돕고 가정을 돌보기 위해서라고 생각해왔었다. 그러나 이제는 가족만을 위한 삶이 아닌 나를 위한 삶을 살아도 된다고 생각한다. 다가올 갱년기를 잘 맞이하기 위해서도 나를 위한 삶을 살 필요가 있다.

혼자 되신 어르신들이 고독을 힘겨워하듯 중년에도 외로움은 느낄 수 있다. 집에만 있으면서 혼자 보내는 시간이 많다면 사람들과 만나는 시간을 늘려 보는 것도 좋다.

무언가를 배우러 나가보거나 사람들과 함께하는 시간을 확보해보는 것도 고독을 이겨내는 방법이 될 것이다. 그동안 나를 내려놓고 가족을 위한 삶을 살아왔다면 이제는 나를 위한 시간을 갖고 원래의 나를 찾거나 내가 몰랐던 새로운 나를 찾아 살아가는 것이 여러모로 좋을 것이다.

도서관에서 만난 마흔 살 B씨는 유치원에 다니는 자녀가 있는데 둘이서 작년에 두 달간 해외로 여행을 다녀왔다고 했다. 그의 바람은 아이를 데리고 미국에 유학 가서 학위를 받는 것인데 여건상 쉽지 않다며 눈물을 글썽였다.

내가 아는 사람 중에 두 사람은 아이를 친정어머니께 맡겨두고 몇 달씩 어학연수를 다녀왔었다. 그러나 B씨는 몇 달이 아닌 몇 년이 필요하니 꿈을 이루기 어려워 눈물이 나는가 보다. 그래도 정말로 원한다면 더 늦기 전에 꿈을 이룰 방법을 마련해 보는 것도 좋을 것 같은데 선택의 결과를 예측할 수 없어 더 권하지는 못했다.

희생은, 내 것을 내줘도 크게 감정에 휩쓸림이 없는 사람이 하는 고결한 행동이라고 생각한다. 내 삶에 후회가 남거나 눈물이 난다면 이제는 그만 해야 한다. 원망이나 속상함이 남는다면 희생하지 않는 편이 낫다고 본다. 고결할 수 없다면 차라리 나를 위하는 삶을 우선으로 하는 것이 나의 마음 건강에 도움이 될 것이다.

결국 내가 행복하고 건강해야만 주변이 보인다. 마지막 선택은 항상 스스로 하기에 선택에 대해 남을 탓해도 소용이 없다. 여건상 포기했다면 마음에서 미련을 갖지 않을 수 있으면 좋겠다. 어떤 선택이든 마흔에는 나를 우선으로 챙기자!

| 집안일을 즐겁게 하는 방법

나를 챙기는 것은 무척이나 중요한 일이다. 주부는 주부의 일을 하면서 자기 시간을 만들어 하루를 좀 더 재미있고 보람 되게 보낼 수 있다. 주부도 '갓생살기'가 가능하다.

손흥민의 아버지 손웅정씨는 그의 저서 「모든 것은 기본에서 시작한다.」에서 청소를 '산책'하듯 한다고 했고 너저분한 것을 못 보는 성격이라고 했다. 나도 청소를 하면서 산책하는 기분이 들면 얼마나 좋을까? 그리고 자녀를 그와 같이 키워낼 수 있다면 얼마나 좋을까. 이 부자를 보면 청소와 성공이 정말로 연관이 있는 것이 아닐까 싶기도 하다.

세상에는 청소와 정리 정돈을 무척 잘하고 좋아하는 사람도 있다. 설거지를 하면 기분까지 싹 씻겨 내려가는 것 같아 좋다는 사람을 인생에서 딱 한 번 만나보았고 불시에 가도 늘 모델하우스처럼 깔끔한 사람을 세 사람 알고 있다. 그런 사람들은 머리카락 하나도 발견되게 두지 않는다. 그러나 나에게는 그렇게 사는 것이 쉬운 일이 아니다. 노력할 뿐이다.

사람은 누구나 어지르고 치우는 행위를 반복하며 살아간다. 나는 어지럽혀진 집을 치우는 일이 즐겁지는 않다. 나같이 밀린 집안일을 좋아하지 않는 사람이 있다면, 어떻게 일을 미뤄두지 않고 그때그때 할 수 있을까? 즐겁지 않은 일을 즐거운 듯이 하는 방법이 있을까?

 나는 정리 정돈이나 설거지할 때 영화나 음악을 틀거나 온라인 강의를 듣곤 한다. 그렇게 하면 한결 일을 즐겁게 할 수 있다. 집안일을 할 때 지부리ost나 피아노곡을 듣는 것도 좋아한다.

 눕거나 앉아서 유튜브를 보다 보면 한 시간이 훅 지나가기도 하는데 그런 시간에 설거지를 한다면 설거지하는 시간도 훅 지나간다. 어렵지 않게 끝낼 수 있다. 때론 이어폰을 사용하기도 하지만 주로 욕실에서 사용하는 방수 케이스를 주방 싱크대 벽에 딱 붙여놓고 그 안에 휴대폰을 넣어 사용한다. 젖은 손으로 화면을 터치해도 걱정이 없다. 물론 요즘 휴대폰은 물에 강하지만 방수케이스의 또 다른 장점은 원하는 위치에 붙여 눈높이를 최대한 편안하게 맞출 수 있다는 점이다.

| 설거지의 기본은 그릇의 뒷면을 깨끗이 닦는 것

내가 자주 노력하는 것은 '이불 정리', '식기 정리', '어지른 물건 정리', '청소기 돌리기', '걸레질', '싱크대·타일·가스렌지 청소' 정도다. 이것만 해도 집은 어느 정도 깨끗하다. 그러나 신경을 쓰지 않으면 깨끗한 집은 금방 사라진다. 깨끗한 상태를 유지하는 것이 청소에서 가장 중요한 부분이라고 생각한다.

오래전 일본에서 만났던 기리노kirino 할머니가 했던 말이 생각난다. 설거지의 기본은 그릇의 뒷면을 깨끗하게 닦는 것이라고 했다. 어떤 사람들은 뒷면을 제대로 닦지 않아 기름때가 묻어 끈적끈적한 채로 사용하기도 한다. 보이는 곳은 깨끗하지만 말이다.

그릇은 기본에 충실하게 앞과 뒤를 성실히 닦아야 한다. 집도 이와 마찬가지로 요령을 피우지 않고 충실하게 관리하는 것이 좋다. 집을 청소한 후에는 깨끗한 상태를 유지하는 것을 잊지 말자. 사람도, 자신의 보여지는 면 외에도 내면을 깨끗하게 하고 기본에 충실한 삶을 사는 것이 좋다. 우리의 마음 그릇을 넓게 준비하고 깨끗하게 관리해보자. 청소도 이와 같은 생각으로 해보자.

| 이곳만큼은 성실히 청소하자.

 바닥 청소는 매일 하는 게 좋다. 집은 관리하지 않으면 금방 지저분해지기 때문이다. 노력하지 않으면 쉽지 않은 일이다.
 화장실 청소를 한 후 바닥에 남은 물기를 쓸어내릴 때 나는 실리콘 재질의 납작한 빗자루를 이용하는데 물기 제거에 아주 좋은 제품이라서 애용하고 있다.

 머리를 감을 때는 샴푸를 하자마자 바로 헹구지 않고 1분 정도 기다렸다가 헹궈내는 버릇이 있다. 그때 그 1분이 지루하므로 그 시간에 1분 바닥 청소를 한다. 화장실 바닥에는 줄눈시공이 되어있어 청소가 쉽다. 긴 막대가 달린 솔로 쓱쓱 1분 정도 하면 깨끗해진다. 평소엔 뚝딱 화장실 청소를 하고 가끔 대청소를 하여 항상 깨끗한 상태를 유지하는 중이다.

 욕조는 사용하기 전과 사용한 후에 두 번 청소한다. 화장실에 수세미를 두고 그릇처럼 깨끗이 닦는다. 화장실 청소는 공용 화장실과 안방 화장실 두 곳을 해야 하는데 한 번에 한 곳씩 번갈아 가며 한다.

거울철에는 온수 사용으로 환풍기를 틀어도 거울에 김이 서리기도 한다. 이럴 때는 마른걸레로 거울을 닦아주는데 이렇게 하면 거울에 튄 치약이나 먼지를 청소하는 데 오히려 더 쉬워지고 김 서린 거울을 쉽게 해결할 수 있다. 김을 그대로 방치하면 물방울이 되어 흘러내려 거울의 하단이 검게 변할 수 있다. 물기로 인해 부식되거나 썩을 수 있고 보기에 좋지 않게 된다. 잘 닦으면 새것처럼 깨끗하게 오래 사용할 수 있을 것이다.

청소를 잘하고 싶다는 생각이 들 때 나는 유튜브에서 '미니멀 라이프'나 '정리정돈' 채널을 검색해서 소리를 듣는다. 들으면서 빨래를 개거나 설거지 등 집안일을 하면 지루하지 않게 할 수 있다.

청소에 의욕이 생기게 하는 또 다른 방법이 있다. 책이다. 바로 '마스다 미스히로'씨의 '청소력'이라는 책. 청소를 위한 책은 나에게 이것 한 권이면 된다. 가독성이 좋으니 꼭 읽어보기를 추천한다. 정리가 된 깨끗한 곳에서 몸과 마음이 건강해지는 것이다. 나의 방이 내 마음을 담고 있을 것이라는 생각을 해보지 않았는데 이 책을 읽은 후부터 집이 지저분해질 때마다 나를 돌아보게 되었다. 내가 지금 집을 관리하지 못할 만큼 바빴는지, 마음의 상태가 온전하지 않은지.

청소를 깨끗하게 하면 마음도 상쾌해지고 머릿속도 정리가 되는 듯하다. 많은 책에서 청소를 강조한다. 깨끗하게 정돈한다면 하는 일도 더 잘 되고 더 행복해진다고 했다. 인생을 바꾸고 싶다면 청소부터 해보자. '청소력'을 읽으면 청소에 대한 의욕이 불끈 솟아오른다. 마법 같다. 「인생을 바꾸는 데는 단 하루도 걸리지 않는다.」라는 '고바야시 세이칸' 씨의 책에서는 화장실 청소를 하면 돈이 들어온다고 했다. 그래서 화장실 청소를 하고 나서 가끔 장난스레 남편에게 물어본다.

"혹시 오늘 어디서 돈 들어왔어?"

실제로 돈이 들어오긴 했는데 데드라인이 없지만 들어올 예정인 돈이 그 날짜에 들어왔다고 입금 내역을 보여주는 경우는 몇 번 있었다. 화장실 청소를 하면 앞으로 돈이 들어올 것이라고 믿고 청소를 하기로 했다. 희망을 가지고 일을 하는 것은 언제나 좋은 일이다.

일본 사람들은 청소력, 여자력 등 어떤 단어에 '력'을 붙여 그 단어에 힘을 불어넣는 능력이 있는 것 같다. 이건 어떤가. 마흔력! 주부력! 갓생력!

오늘 내 공간들을 둘러보고 그것이 내 마음 상태임을 잊지 말자. 더러운 것은 더러운 것을 끌어당긴다고 한다.

주변이 더러운 사람은
안 좋은 일이 자주 생기고
깨끗한 것은 깨끗한 것을 끌어당겨
좋은 일이 생기니
깔끔하게 일이 마무리된다는 것이다.

청소를 제대로 해놓는다면
주부인 우리에게도
앞으로 좋은 일이 생길 것이다.

 청소와 내 마음 상태가 연관이 있다면 복잡한 마음을 깔끔
하게 바꾸기 위해 노력해 보는 것은 어떤가. 매일 조금씩
해나가면 좋을 것이다.

그러나
지치고 힘든 날에는
하루쯤 청소를 쉬고
나를 돌보는 것도 좋다.

| 5분 청소

 바닥과 테이블, 식탁처럼 눈에 잘 보이는 곳은 우선적으로
깔끔하게 청소하지만 서랍이나 신발장, 싱크대, 냉장고같이
닫혀있어 보이지 않는 곳은 정리가 필요한 경우가 종종 있다.
이 또한 한꺼번에 하면 몸살이 날 수도 있다. '매일 조금씩,
꾸준히'를 기억하자.

 이제부터는 '5분 청소'를 해보자. 많은 동기부여 강사들이
청소의 중요성을 이야기하며 코치를 해준다. 내가 해보니 5
분 청소의 힘은 위대하다. 5분 청소는 매일 5분 정도에 끝
나는 청소리스트를 만들어 두고 그날의 상황에 맞게 한 가
지씩 골라 실천해 보는 것이다. 청소리스트는 생각나는 청소
구역을 적어보고 필요에 따라 추가하는 방법으로 한다.

 나의 청소리스트는 다음과 같다.

✔ 가구·가전·인터폰 등 먼지 청소
✔ 냉장고 내부
✔ 냉장고 외부
✔ 냉장고 위 먼지
✔ 냉장고 음식 체크
✔ 침대, 소파 등 가구 아래

- ✔ 침구 세탁
- ✔ 욕실 샤워 헤드
- ✔ 방문 손잡이와 식탁 의자
- ✔ 칫솔 교환
- ✔ 베란다 청소
- ✔ 옷 정리
- ✔ 테이블 정리
- ✔ 세탁조 청소
- ✔ 욕실 대청소
- ✔ 서랍 한 칸 정리
- ✔ 창틀 1개
- ✔ 가스렌지 후드
- ✔ 화장대
- ✔ 전자렌지
- ✔ 에어프라이어
- ✔ 오븐
- ✔ 배수구
- ✔ 현관 바닥
- ✔ 신발장
- ✔ 방 한 칸 정리

바닥 청소를 매일 하는 사람도 서랍장 등 자주 청소하지 않는 곳은 미뤄두기 쉽다. 5분 청소를 매일 실천할 수 있다면 집은 훨씬 더 쾌적해진다. 가까운 사람들과 인증사진을 찍어 공유하면 자극받아 더 열심히 5분 청소를 할 수 있다.

| 귀찮은 설거지

나에게 있어 하기 귀찮은 집안일의 1순위는 설거지다. 설거지에 어려움을 느끼는 사람이라면 식기세척기 사용을 추천한다. 가족과 함께하는 시간이 확보되고 가사 노동의 스트레스는 줄어들 것이다. 나는 식품 등급의 세제를 믿고 사용하고 있다.

식기세척기는 나 같은 사람에게 꼭 필요한 감사한 기계다. 요즘 가정마다 많이 사용하는 건조기, 로봇 청소기, 로봇 걸레 등은 생활에 편리한 도구가 되고 덕분에 다른 일을 할 시간을 만들어준다.

귀찮은 집안일은
똑똑한 '가전제품'에게
맡겨보자.

| 요리하기, 장보기

 요리 역시 내게 자신 있는 분야는 아니지만 나는 매일 가족을 먹인다. 온라인으로 구매하면 집 앞까지 배송을 해주니 장을 보는 것도 편하다. 인근에 좋은 가격에 구매할 수 있는 마트가 있으면 직접 골라 살 수 있으니 그것도 좋다.

 '집밥'을 먹으면 배달 음식과 바깥 음식 섭취가 줄어들어 건강에 좋을 것이다. 실력이 없어도 요리책이나 검색을 통해 요리하고 예쁘게 차려 가족과 함께 먹으면 맛있고 즐겁다.

 냉장고에 너무 많은 식재료를 가지고 있다면 안에 무엇이 있는지 **리스트화** 해서 문에 붙여두고 먹어 버리자. 특히 냉동실에 넣은 음식은 식품명을 적고, 언제 넣었는지 날짜를 적어두자. 기억나지 않는 것은 버리는 것이 좋다.

 냉장고 비우기가 어느 정도 실천이 되었다면 이제는 쌓아두지 않도록 신경을 써보자. 앞으로는 짧은 시일 내에 먹을 수 있는 양을 구비 하기를 추천한다. 냉동실을 꽉 채우지 않는 습관을 들이자. 냉동실 음식 리스트는 정말 필요하다. 봉지에 넣어 냉동실에 넣는 것은 자제해야 한다.

특히 검정 비닐에 싸놓은 음식은 그대로 냉동실에 넣었다가는 뭐였는지도 알기 어렵다.

최근 장을 본 식재료는 메모해 두고 꺼내 먹으면 좋다. 기록은 어디에든 유용하다.

손으로 쓰는 것이 귀찮다면
결제한 영수증을 붙여두고
지워가며 사용하는 것도 좋다.

| 이사 이야기

　이사 후 사는 곳이 쾌적해지니 얼어붙은 부부 사이는 봄이 되듯 스르르 녹았다. 볕이 잘 든다는 것은 당연한 것이 아닌 감사한 것임을 깨닫게 되었다.

　내가 신혼에 처음 살았던 집은 구조의 문제로 더 작은 평수보다도 쓰임이 좋지 않았다. 아이를 낳은 후에는 책이 많아져서 책장 때문에 빈 벽이 없었고 급기야 안방까지 책을 두었다.

　좀 더 넓고 쾌적한 환경에서 살고자 이사를 결심했으나 당시 한 달마다 천만 원씩 인근 아파트 가격이 올랐다. 20년이 넘은 아파트인데 생각보다 가격이 높아 우리는 무작정 청약을 하기로 결심했다. 어려운 살림이라 돈 때문에 힘들 것 같아서 청약은 한 번도 해볼 엄두도 내지 못했는데 그 무렵 생각이 많아져 통장을 들여다보았다.

　30대 중반이었던 나는 필요한 금액을 채워 넣고 청약에 도전했다. 당시 인근 군이 시로 편입되었는데 분양하는 아파트가 시 바로 옆, 군이었던 곳에 위치해 있어서 분양가가 저렴하지 않을까 기대했다. 그러나 예상은 빗나갔고 내가 생각했던 분양가의 맥시멈을 넘어섰다. 우리는 그만큼의 자금을 조달할 능력이 없었다.

다음 분양한 곳은 외곽에 있는 아파트였다. 이전 분양했던 곳보다 평당 30만 원이나 낮은 분양가로 발표되었고, 기존의 시로 가는 고속화도로가 개통될 것이라고 했다. 층이 높아 3년 넘게 짓는다고 하니 그사이 돈을 더 모을 수 있어 가능하겠다고 판단했다. 무엇보다 이곳은 입지가 너무 좋았다. 아름다운 공원과 숲을 가지고 있고 도보 가능 거리에 대형마트도 있다.

내가 원하는 것을 많이 갖추었다. 게다가 가장 매력적인 것은, 아주 가까이에 도서관이 있다는 것이다. 나처럼 독서가 취미이고 책 육아를 중요하게 생각하는 사람에게는 딱 좋은 곳이다.

청약을 하기 전에 여러 번 동네를 방문해 둘러보았다. 아이가 입학할 초등학교도 미리 가보았다. 모든 것이 괜찮아 보였다. 낯설지만 새로운 시작을 할 수 있다면 얼마나 좋을까 하며 이곳으로 이사할 목표를 세웠다. 그 첫 스텝은 청약이었다. 생애 처음으로 청약을 한 것이다.

부부가 함께 각각 원하는 타입으로 선택했다. 남편은 인기 타입에 넣었고 나는 남향의 볕 잘 드는 타입에 청약했다. 지금 생각해 보니 우리의 선택만 봐도 각자의 성격이 보이는 듯하다.

우리의 첫 청약 결과는...
바로 내 이름으로 '당첨'이 되었다.

그간 성실히 모아두었던 돈과 은행의 도움으로 3년 후 좀 더 넓고 쾌적한 아파트에 입주했다. 이곳으로 이사하기 위해서 살던 신혼집을 팔아야 했다. 한 달마다 천만 원씩 오르던 아파트 가격은 우리의 청약 후 고꾸라지고 있었고 결국 매수자 우위인 상황이 되었다. 여기저기 분양을 많이 하면 결국 매도자는 집을 파는 것이 더욱 어려워질 것이고 날짜 안에 입주하는 것이 가능할지도 미지수였다. 결국 나는 남편과 상의해 입주 1년을 앞두고 집을 급히 팔았고 1년만 살 전셋집을 구하고자 했다. 신혼집은 리모델링을 했던 금액을 포기하고 최고가에서 3천만 원을 낮춰 내놓아 12일 만에 팔렸다. 나는 집을 팔기 위해 집안은 물론이고 베란다 창틀까지 깨끗하게 청소했다.

침대, 소파, 서랍장 등 많은 짐을 처분해 거의 미니멀 라이프 수준으로 만들었다. 아이가 아기 때 낙서한 벽은 마트에서 풀 바른 벽지를 사 와서 직접 도배했고 최대한 넓고 쾌적하게 준비하여 집을 보여줬다. 도배, 장판, 화장실, 싱크대, 신발장은 처음 이사 왔을 때 리모델링 했기에 한 번도 수리하지 않았거나 더 오래전에 수리한 집에 비해 양호했다. 매수자 입장에서도 우리 집이 동일 아파트 중에 괜찮았으리라 생각된다. 상가와 놀이터가 가까운 로얄 동이고 좋은 층이라서 어렵지 않게 집을 매도할 수 있었다. 그 무렵 아무도 집을 보러 오지 않는다는 글을 여기저기에서 보았는데 우리 집은 12일 사이에 서너 명이 보러왔었고 금방 팔렸다. 그후 우리는 신혼집을 떠나 더 좁은 집으로 이사를 했다. 청약한 집으로 이사하기 전 1년만 전세를 살 생각이었으나 '1년'만 빌려주는 집은 찾기 어려웠다.

우리는 어쩔 수 없이 아주 안 좋은 집을 겨우 얻게 되었다. 예전 살던 집보다 훨씬 더 좁았고 볕이 전혀 안 드는 1층이었다. 게다가 바퀴벌레까지 있었다. 약을 사용해도 우리 집만 노력해서 될 일이 아니었다. 그런 상태다 보니 집이 나가지 않아 1년이라도 빌려준 것이었다.

이전에 세를 살던 사람들은 주방 후드 청소도 하지 않았고 음식물쓰레기도 치우지 않고 나갔다.

변기는 시커먼 상태였는데 강력한 것을 뿌려도 해결되지 않았다. 사람이 살 곳이 아니었다. 사람이 살았었다는 것이 믿기지 않는 정도였다. 더 놀라운 것은 우리보다 더 어린 아기를 키우는 집이었다는 것이다. 그들도 그집에서 힘들었던 것일까.

이사를 가면 다음 사람을 위해 깨끗하게 해두고 나가야 한다고 생각했는데 모두가 다 그런 것은 아닌가 보다. 집은 너무 지저분했고 1년만 사는 것이 아니었다면 정말 절망적이었을 것이다. 우리 식구는 셋인데 바퀴벌레 가족이 숫자가 더 많았다.

좁고 볕이 잘 들지 않는 곳에서, 사는 내내 마음고생을 좀 했다. 그 무렵 나는 언니와 함께 운영하는 회사 일로 밤늦게까지 바쁘게 보낸 날이 많았다. 남편과의 사이도 좋지 않았다.

아이는 이곳에서도 운 좋게 집 근처 병설 유치원에 당첨되어 다니게 되었다. 유치원은 5시쯤 끝났고 하루 한 시간 반은 아이를 도서관에 데리고 가려고 노력했다. 돌아보면 그 힘든 시간 속에서도 내가 아이의 손목을 잡고 매일 하루도 빠짐없이 해나갔던 일들이 나와 아이에게 도움이 많이 된 것 같다. 도서관 방문은 당시 내게 아주 중요한 루틴이었다.

현재 나는 분양받은 집으로 이사해 6년째 잘 지내고 있다. 앞이 뻥 트인 뷰가 편안해 집에 머무르는 것이 좋다. 이제 우리는 더 이상 바퀴벌레와 원치 않는 동거를 하지 않는다. 이사 온 후 남편은 몇 차례의 시련을 마주했다. 마음 힘든 일도 겪었고 입원도 했으며 사소한 교통사고도 몇 번이나 발생했다. 지나고 나서 농담 반 진담 반으로 그에게 이렇게 말했다.

"벌 받은 거야."

어쨌든 남편은 이 일들을 계기로 가족의 소중함을 느끼게 되었고 이후 내 말을 어느 정도 잘 듣는 사람이 되었다. 그가 벌을 받았다기보다 내가 복을 받은 것 같다. 시련을 부정적으로만 받아들이면 상황은 점점 더 악화될 것이지만 나는 시련 후에 오는 긍정적인 요소들에 더 집중하고 감사했다.

이사를 위해 애쓰며 사는 삶에 남편은 자주 힘들어했지만 이사 후 그는 내가 옳았다고 인정해주었다. 힘겨움은 과거가 됐고 이제는 조금 더 삶의 질을 높여 살 수 있음을 그는 긍정적으로 생각했다. 우리가 결혼한 후 긴축하고 살며 고생했던 것은 만 8년 정도였다.

결혼 후 나는 남편의 재정 상태를 정확히 파악하고 몇 가지 방법을 동원해 이율 부담이 큰 부채를 우선적으로 갚게 했다. 재정 컨설턴트처럼 수입과 지출을 파악하고 앞으로 내가 계획하는 대로 따라오라고 했다. 타이트한 돈 관리로 그는 좀 힘겨워했고 겨우 따라왔었다.

언젠가 내가 참여하는 독서 모임의 멤버가 했던 말이 기억난다. 저런 분은 어디 가면 만날 수 있을까 생각했다고. 너무 선해 보인다고. 내 남편을 보며 한 말이었다. 속으로 생각했다.

우리 이제 갈라서야 할 것 같다고 말한 것이
엊그제였음을.

볕이 안 들던 1층 좁은 집에서 바쁘게 살아가던 그때, 우리는 자주 다투었다. 그때가 가장 심각했었지만 사실은 그전에도 힘든 일은 종종 있었다. 십 년을 마음고생했다. 그것은 '그'의 문제가 컸지만 그만의 문제는 아니었다. 세월이 흘러 생각해 보니 나도 자주 답답해 미칠 것 같았지만 나 같은 사람과 사는 것이 그 역시 숨 막혔을 것 같다. 나는 직진밖에 모르는 사람이었다.

그의 가족들을 보면 그가 나와 살며 얼마나 힘들었을까 이해가 된다. 스타일이 매우 다른 가정 속에서 성장한 우리 둘이 이만큼 맞춰 사는 것이 지금에 이르러서는 대단하다고 느껴진다.

어쨌든 저런 분은 어디 가면 만날 수 있을까 생각했다는 그 말을 떠올리며 웃는다. 다시 돌아가 같은 상황에서 같은 사람과 살겠느냐 말겠느냐의 선택권이 주어진다면 망설임 없이 나는 "No."

다시 돌아갈 용기가 나지 않는다.

우리의 서른은 고난 속에 지나갔다. 힘든 시간이 그때는 길고 긴 터널 같았다.

지나고 나서 생각해 보면, 경험을 통해 얻은 것이 값지다고 생각되지만 돌아보면 아직도 웃을 수 없다. 더 세월이 흘러 '마흔'으로 돌아가겠냐고 묻는다면 마흔이 조금 더 젊은 나이고 여러 면에서 살만하니 돌아가는 것을 선택할 것 같다. 지난날을 회상하는 지금에 이르러서는 후회의 마음도 크다. 그 좁고 볕이 안 들어오는 1층에서의 1년이 결혼 생활을 통틀어 가장 힘든 시간이었다. 서른의 남편은 지금 마흔의 남편과 비슷하면서도 많이 다른 사람이었다.

우리가 만나지 않았다면
우리는 지금
어떤 인생을 살고 있을까?
각자 더 행복했을까?

평탄하고 쉬운 길이 아니었을지라도 돌고 돌아 어쨌든,

시간의 흐름에 따라,
경험을 통해
우리는 아주 조금씩
성장하고 있다.

아이의 취학 전 예쁘고 귀여웠던 시간도 맘껏 즐기지 못하고 힘겨움 속에 갇혀 그렇게 흘려보내고 말았다. 늘 내게 버틸 힘이 되어주었던 그 시절 나의 작은 꼬마에게 고맙게 생각하고 있다. 그 무렵의 아이들은 평생 효도할 것을 그때 다 한다고 하는데 나는 충분히 만끽하지 못하고 임신, 출산, 육아를 간신히 해내고 겨우 가정을 지켰었다.

정신을 차려보니 초등 고학년 아이만 덩그러니 남아있고 그 귀요미는 사라지고 없다. 다시는 만날 수 없다는 생각이 들면서 아쉬움과 후회가 밀려온다. '내가 더 씩씩하게 살았으면 어땠을까.' 하고. 이제는 아이 어릴 때 찍어둔 동영상을 보며 눈물이 나기도 한다. 그 얼굴, 그 표정, 그 목소리, 그 사랑스러운 말투, 착하고 친절했던 행동들, 그 작은 몸을 다시는 볼 수 없다. 다시는 만질 수도 없다. 그 어린 꼬마가 많이 그립다. 더 많이 안아주고 더 많이 사랑을 표현할 걸

하는 후회의 마음이 든다. 돌아보니 너무 큰아이 대하듯 키웠다. 내 전부였던 그 아이에게 그때 내가 정말 의지를 많이 했던 것 같다. 난 늘 아이를 데리고 나가면 내가 더 커지는 기분이 들었다. 늘 당당하고 밝은 모습으로 뭐든 의욕 있게 잘 해내던 멋진 아이. 나는 심각한 고슴도치 엄마였다. 미숙했던 내가 가정을 지켰고, 아이를 키웠고, 그게 내 최선이었다고 합리화할 핑곗거리도 그 시절엔 충분했다.

그런데 왜 아쉬움이 남을까.

| 살기 좋은 집

 내가 생각하는 좋은 집은 볕이 잘 들고 단열이 잘 되는 따듯한 보금자리다. 볕이 전혀 안 드는 1층에 살아보니 사람은 볕이 드는 집에 살아야 밝아질 수 있다고 주장하게 되었다.

어둠은 어둠을 불렀다.
우리는 그랬다.

 상황에 따라 누군가는 볕이 안 드는 집에서 더 오래 살아야 할 수도 있다. 그렇다고 예전의 나처럼 절망적으로 살 필요는 없다. 현명하고 어른스럽게 잘 인내한다면 미래는 오늘보다 밝을 것이다. 누군가는 지금도 볕이 들지 않는 집에서도 누구보다 행복하게, 별처럼 빛나게 살고 있을 것이다. 행복은 내 마음이 정한 만큼 느낄 수 있는 것이라고 하니까.

 오래전에 일본인 친구에게 선물 받았던 '아이다 미츠오'씨의 책 제목이 생각난다. 한국말로 하면 '행복은 언제나 자기 마음이 정한다.' 정도로 해석할 수 있겠다. 우리는 행복을 찾으러 다니지만 행복은 멀리 있지 않고 우리 마음속에 있다. 그 진리를 나는 잊고 살았던 것 같다. 계속 찾고 있던 것이다.

어떤 집에서 살든 우리 마음이 튼튼하다면 우리는 행복할 수 있다. 내 마음도 더 튼튼했었다면 얼마나 좋았을까.

 다시 살기 좋은 집에 대한 생각을 더 나눠보겠다. 많은 사람들이 아파트를 선택할 때 살피는 것 중 하나는 주차 공간이다. 요즘엔 한 집에 2대 이상의 차량을 가진 집이 많다. 지하 주차장의 주차 공간이 많아 주차난 없이 편리하게 사용할 수 있어야 좋다.

 우리 주차장은 겨울에도 14도 정도의 온도를 유지해 춥지 않게 외출을 할 수 있어 만족스럽다. 눈과 비를 맞지 않고 차량을 이용할 수 있으니 참 편리하다. 전에 살던 곳은 늦게 귀가하면 지상에도 차를 세울 곳이 없고 지하에는 퇴직하신 어르신들이 거의 세워두기 때문에 이용할 수가 없었다. 그래서 주차가 용이한 곳이 살기 좋은 곳이라고 생각하게 되었다. 그 외에 또 내가 생각하는 좋은 입지에 대해 계속 이야기하겠다. 집 근처에 도서관이 있고 단지 내에서 올라가는 산책로는 뒷산으로 이어져 있다. 앞쪽에는 공원이 있어 골라서 산책을 할 수 있는 것도 만족스럽다. 숲세권이라고 할 수 있다. 생필품과 문구류를 살 수 있고 대형마트가 도보 가능거리에 있으며 걸어서 영화도 볼 수 있기에 내 생활 패턴에 불편함이 없다.

 백화점은 근처에 없지만 차로 20분 거리에 있다. 그러나 나는 잘 이용하지 않기에 지금 사는 곳에 만족한다. 책을 좋아하는 사람은 도서관 근처에서 사는 것이 아주 큰 메리트다. 이건 정말 행운이다. 밤 9시 55분에도 책을 빌릴 수 있다.

또, 운동의 중요성을 아는 사람에게는 걸을 수 있는 공원이나 산이 있는 곳이 최고다. 몇 년 전부터 날씨가 좋은 날 '맨발 걷기'를 하는 사람들이 부쩍 늘었다. 건강에 신경을 쓰는 사람이 많아짐을 느낀다. 가을에는 특히 밤 가시를 주의해야 하지만 조심한다면 건강에 좋은 활동 같다. 올해는 나도 화창한 날에 신발을 벗고 흙길을 걸어보려 한다. 자연 속에서 하는 운동은 아주 특별하다. 갓생살기를 하고자 한다면 운동은 필수다.

여건상 바깥 운동이 어렵다면 휘트니스 시설에 있는 실내 헬스장도 좋다. 건물 내에서라도 꾸준히 운동을 해보자. 아파트 휘트니스 센터는 헬스장 이용료가 무척 저렴하다. 겨울에 이용하면 정말 좋다. 골프나, 수영, 필라테스, 요가가 가능한 아파트도 있으니 내게 도움이 되는 시설을 갖춘 곳에서 사는 것도 만족도를 높여줄 것이다.

내 기준에서 우리 집은 내게 맞는 좋은 집이다. 주변 인프라가 잘 갖춰진 편리한 곳이다. 이 모든 장점이 마음에 들기에 나는 여기, 우리 집에 산다.

| 삶에 만족해요?

 현재 나는 대체로 내 삶에 만족한다. 30대에는 힘들었지만 젊어서 고생은 사서도 한다는 말이 있듯 그때의 경험 덕에 나는 인생을 좀 더 신중히 살 수 있게 되었다. 경제적 어려움을 안고 결혼했던 우리였기에 당시의 내 가장 큰 목표는 넓고 좋은 환경으로 '이사'하는 것이었다.

 내가 욕심 많은 사람이라서 그게 젤 큰 목표였는지도 모르지만 생각해 보면 충족되지 않는 마음의 결핍 때문이 아니었나 싶다. 이제 하나의 작은 목표를 이루었고 내가 원하는 주변 환경이 충분히 갖춰져 있는 곳에서 살 수 있어 만족한다. 이제 또 다른 목표를 향해 나아가려 한다.

 우리는 더 편해졌고 행복해졌다. 한 번씩 새로운 곳에서 새출발을 하는 것도 좋다. 새로운 기분으로 다시 시작할 수 있다는 것은 참 좋은 일이니 말이다. 물론 아이들이 전학을 자주 다니는 것은 신중해야 할 일이다.

 우리는 이사를 하고 나서 안정되었고 부부 사이도 좋아졌다. 내가 좋아하는 지인 C씨도 이사하고 그간의 부부 문제가 상당 부분 사라졌다. 우리는 힘든 일이 생겼을 때 둘이서 연락하고 만나며 위로받곤 했는데 이제는 좋은 일, 웃을 일로 통화를 하고 만난다. 그가 하는 일도 잘되고 있어 지켜보는 나도 기쁘다.

아슬아슬 살아내던 시간도 지나갔고 우리는 이제 웃는다. C씨는 보통 주말에도 바쁘게 일하는데 어느 토요일에 어쩌다 시간이 났다고 한다. 오전에는 집에서 맘껏 쉬고 오후 늦게 시간이 아깝게 느껴졌다며 내게 전화했다.

보고 싶다고.

우리는 만났고,
웃었다.

| 비상금(예비비) 얼마가 적당할까?

살림 좀 하는 사람들이라면 가계부를 쓰며 지출과 수입을 관리하고 어떻게 돈을 사용하는지 살펴본다. 나는 어려서부터 절약을 습관화해서 불필요한 곳에 돈을 지출하는 경우가 별로 없다. 핑계를 대자면 그런 이유로 가계부를 쓰지 않는다. 내 기준에서 더 아낄 부분이 없다고 생각해서다. 휴대폰 앱으로 어느 정도 파악이 되니 그 정도로만 관리한다.

내가 절약하며 사는 이유는 앞날 더 나은 삶을 살기 위함이다. 사람들은 커피숍에서 차 마시는 것은 소비가 아닌 권리라고 생각하는 것 같다. 흡연자가 식후에 담배를 피우듯, 당연한 듯 식후에 맛있는 커피 한 잔 마시는 것이 흔하게 보인다.

그러나 나는 사람을 만나는 것이 아니라면 커피숍에 가서 차나 음료를 마시는 일도 없다. 혼자 가는 것도 익숙하지 않고 권리라고 느낄 만큼 차를 좋아하지도 않는다. 공간이 필요해서 가끔 이용하지만 그것도 친구와 함께일 때만 해당되는 이야기다.

뷰가 편안한 우리 집에 최대 8인까지 앉을 수 있는 원목

테이블을 두었다. 그 위에 물 한잔을 올려놓고 커피숍에 온 듯 조용히 혼자 책을 읽거나 글을 쓰는 것이 참 좋다.

　어쩌다 우리 동네까지 나를 찾아오는 고마운 사람이 있으면 식사비용은 내가 내는 경우가 많다. 아낄 곳에 아끼고 쓸 곳에 쓰는 것이 내 방식이다. 꼭 필요한 데에 지출하는 것이 습관이 되었다. 어쩌다 한 번씩 책을 사는 것이 나의 취미로, 취미에도 큰돈이 들지 않는다.

　재테크 좀 한다는 사람들은 통장 쪼개기라는 것을 한다고 들은 적이 있다. 급여통장 외에도 통장을 몇 개로 나눠서 활용하는 것이 좋다고 한다. 고정지출통장, 생활비통장, 저축통장, 비상금통장 이런 식으로 말이다.

　나는 저축을 잘하는 편이라 그렇게 여러 개로 통장 쪼개기를 하지 않지만 나의 의식 속에서는 돈의 사용이 잘 구별되어 있다. 돈을 관리하는 것이 어렵다면 통장을 몇 개로 나눠서 사용하는 것도 좋을 수 있다. 급여를 받으면 얼만큼은 저축하고 얼만큼은 예비비로 넣고 나머지를 고정지출과 용돈으로 사용할 수 있다. 고정지출에는 각종 세금이나 요금, 고정적으로 나가는 모든 돈을 파악해서 넣고 경조사비도 넉넉히 책정해 넣어두는 것이 좋다.

이달에 경조사가 없더라도 다음 달에 몇 건이 있을 수 있으니 평균을 잡아 조금 더 넣어둔다면 도움이 될 것이다.

 저축이 어려운 사람은 저축 습관을 들이기 위해 정기적금에 가입하는 것도 좋다. 그러고 나서 남은 돈이 생활비가 되는 것이다. 이 안에서 소비가 이루어져야 한다. 매달 마이너스를 못 면한다면 가정 경제에 빨간불이 들어온 것이다.

 아낄 수 있는 부분을 찾아 아껴야 하는데 더 아낄 곳이 없다면 아이 학원이라도 줄여 플러스 재정을 만드는 것을 고려해 보아야 하지 않을까 싶다. 아무 것도 포기할 수 없다면 수입을 늘리는 방법밖에 없다.

 돈 관리가 제대로 되지 않는 가정은 신용카드를 사용하지 않는 것이 도움이 될 것이다. 체크카드나 '○○페이'와 같은 지역화폐를 사용하는 것도 방법이 될 수 있다. 내가 20대에 회사에 다니며 급여를 받아 저축할 때 급여의 반은 저축하면 좋다는 말을 들었다. 그때 나는 급여의 70%를 저축했다. 그렇게 해서 돈을 모으는 재미를 느꼈다. 회사에 다니며 대학원에 입학했을 때는 저축을 줄였다. 그러나 하지 않은 적은 없었다.
 20대 중반 젊은 직장여성이었던 나는 청약저축에 가입하기 위해 세대주가 되기도 했고 펀드나 장기주택 마련저축에 가입하기도 했다. 신용카드도 내가 정한 한도 내에서 내게 이롭게 잘 관리하며 사용했다. 돌아보니 그때도 나는 돈을 관리했고 미래를 준비했었다.

비상금 또는 예비비로 급여의 석 달 치를 저축해 두라는 말을 들어본 적이 있을 것이다. 남편과 별개로 나는 매달 일정 금액을 경조사비로 정해 두었고 모든 돈은 사용 가능 금액으로 내가 정해놓은 한도를 초과하지 않는 범위 내에서 사용한다.

어떤 사람들은 비상금에 경조사비를 넣기도 하는데 내가 정한 비상금은 정말 비상시에 사용할 돈이기에 내 경우에는 비상금에 경조사비가 들어가지 않는다. 나는 경조사비를 고정지출로 잡아둔다. 지금까지의 비상금은 계속 늘어날 뿐 줄어들지 않는다.

살다 보면 급전이 필요할 수 있다. 예비비, 비상금은 혹시 모를 일을 대비해 '최소' 현금 2~3천만 원 정도는 가지고 있는 게 좋다고 생각한다. 많으면 많을수록 좋을 것이다. 우리 집은 석 달분 급여 정도로는 안 될 것 같다. 우리는 누군가의 도움이 아닌 우리 스스로 해결하기 위해서 2~3천만 원으로 생각하고 있다. 그 이상 돈이 있다면 계속 저축해서 나중에 큰돈이 필요한 일이 생겼을 때 어려움이 없게 하려 한다. 친정 부모님과 관련해서 큰돈이 필요할 때는 남매끼리 상의해서 조금씩 보태거나 소소한 돈은 평소 매월 모아둔 모임 통장에서 사용하기도 한다. 비상시에 필요한 돈을 위해 미리 준비하는 것은 현명한 방법이다.

돈이란 쓰면 기쁨을 느낄 수 있고 어려울 때 우리를 도와 주는 고마운 것이다. 돈이 모든 행복을 대신할 수는 없지만 어느 정도까지의 행복을 느끼는 데 도움이 된다고 본다. 돈이 있다고 해도 돈을 함부로 쓰지 않도록 하고 꼭 써야 할 곳에는 아낌없이, 넉넉히 쓰는 것도 필요하다. 다시 강조하지만 돈은 쓸 곳에 써야 한다. 절대 남에게 인색하지 않게 살고자 한다.

나는 부모님 찬스로 일어선 케이스도 아니고 남보다 넉넉한 급여를 받아서 쉽게 집을 샀다거나 돈이 많아 예비비를 가지고 있는 것이 아니다. 티끌을 모은다는 자세로 적은 돈을 소중히 여기며 돈을 모으고 있다.

부자가 아닌 사람들이 어느 정도 만족하며 살만하게 되는데에는 여러 가지 방법이 있지만 나는 정말 놀라울 정도로 알뜰하게 살림하고 모았다. 이렇게 모으면 큰 부자는 될 수 없지만 스스로를 책임지며 살 수는 있을 것이다.

돈이 많다는 것은 조금 더 편리하게 살 수 있고 삶의

선택지가 많아진다는 의미인 것 같다. 아껴서 성실히 저축하는 방법으로는 조금 더 적은 선택지에서 조금 더 낮은 등급의 것들을 선택하며 살게 되는 것이라고 생각한다. 그래도 가장 비참한 상태로 늙어가지는 않을 것이다.

 돈이 돈을 번다는 말이 있기에 종잣돈을 어느 정도 모아둔다면 선택지는 조금씩 늘어날 것이다. 그때를 위해 나는 알뜰히 살아왔고 나의 서른을 희생시켰다. 이게 옳은가 스스로에게 물어보면 바로 대답을 못 하겠다. 나의 서른에게 감당하기 어려운 희생을 하게 한 것이 안타깝게 느껴지기 때문이다. 조금은 안정된 마흔을 기준으로 생각한다면 빨리 극복한 것이 잘한 일 같기도 하다. 서른의 힘겨움을 보상하기 위해 마흔이 된 내가 할 수 있는 일을 생각해 본다.

 이제 나의 마흔을 조금 더 즐겁고 의미 있게 살며, 하고 싶은 일을 하며 살아보고자 한다. 이만큼은 이뤘으니 앞으로는 조금 더 많은 선택지를 원한다.

이제는 조금 더 내 행복에 투자하겠다.

| 절약과 환경

 나는 시간이 있다면 40분 정도의 거리는 걸어 다니고 대중 교통을 자주 이용한다. 물과 전기를 아껴 쓰는 것을 시작으로 많은 것을 아껴 쓰고, 나눠 쓰고, 바꿔 쓰고, 다시 쓰는 '아나바다'를 여전히 실천하고 있다.

 아이가 어렸을 때는 아이 옷이나 장난감, 책 등을 물려받고 물려주었다. 이렇게 절약한 것은 환경에 도움이 되고 가정 경제에도 플러스가 된다.

 푼돈을 무시하지 않아야 한다. 그리고 환경을 생각해야 한다. 내 동생은 환경을 위해 비닐 사용을 최소화한다. 미래 우리 자녀와 그들의 자녀들, 후손들을 생각한다면 환경도 생각하며 물자를 아껴 쓰는 것이 이래저래 현명한 일이다. 절약은 가난해서 어쩔 수 없이 하는 행위가 아니다.

절약은 빈부와 관계없이
누구나 해야 하는 일이다.

| 잘 알지 못하는 재테크

서른의 나는 재테크할 여력이 없었다. 단지 더 나은 의식주를 갈망했을 뿐이다. 경제적으로 어려웠어도 가능한 만큼 저축하고 아끼며 소소히 돈을 모으는 것밖에 몰랐다. 6년 전에 받은 은행의 도움을 받아 지방의 국민 평형 아파트 한 채를 소유할 수 있게 되었다.

어떤 사람들은 아파트 대출금을 갚는 것이 저축이라고 생각하며 살기도 한다. 나는 '집' 외에는 크게 재테크로 성공한 적이 없다. 이제 시작이라고 생각한다.

지금 내가 하는 것들에 대해 이야기해보겠다. 매월 예비비를 저축하고 10년 만기 연금저축보험을 8년째 넣고 있다. 만기까지 2년 정도 남았으니 가능하다면 그냥 두었다가 더 나이 들어 사용하려고 한다. 유아교육 관련 유명인의 강의를 들으러 갔다가 가입한 상품인데 아직도 마이너스라서 후회도 됐지만 잘 참고 10년을 향해 가고 있다.

또 나는 국내 주식과 미국 주식을 조금 보유하고 있다. 주식도 아파트와 마찬가지로 오를 때가 있으면 내릴 때도 있다.

초보지만 내가 여러 책을 읽어보고 내린 결론은, 주식은 없어도 되는 만큼의 돈으로 꾸준히 하는 것이 좋다. 오르든 내리든 상관없이 급여일에 소모품을 산 듯이 본전 생각하지 않고 장기 투자를 하는 것이다. 급전이 필요해서 팔아야 할 상황이 오지 않도록 무리 되지 않는 금액으로 분산해서 투자한다.

워렌 버핏이 말했던 S&P500 같은 ETF에 투자하면 무난할 것이다. (특히 초보자들은 개별 종목보다 그가 추천한 ETF를 사는 것도 괜찮은 방법 같다.) 규모가 크고 튼튼한 회사를 선택하는 것이 좋을 것이다. 보통 사람이 주식으로 크게 한몫 챙기는 것은 쉽지 않으니 감당할 수 있는 금액으로 적당히 하는 것이 좋다.

몰빵 금지, 빚투 금지, 장기 투자. 이 세 가지가 내가 지키는 투자의 원칙이다. 국내보다는 미국 주식이 조금 더 안정적이고 수익이 좋은 것 같다. 먹고 살기도 힘들다는 요즘 나는 그냥 이 정도로 재테크를 하고 있다. 제목 그대로 나는 재테크를 잘 알지 못한다. 그러나 내가 알고 있는 것이 하나 있다.

가까운 미래에 사용할 예정인 돈을 주식에 투자해 몇 배로 불리기 위해 요행을 바라는 것은 옳지 않다는 것이다.

잘 되면 2배가 될 수도 있지만 바람대로 되지 않을 수도 있으니 아무도 알지 못하는 영역에 돈을 거는 것은 위험 부담이 크다. 곧 사용할 돈으로는 위험한 모험을 하지 말자. 투기가 아닌 투자를 해야 한다.

남편은 연말 정산과 노후를 위해 퇴직연금에 일정 금액을 넣는다. 뭐가 됐든 미래를 대비하려는 자세, 그 자체를 응원한다.

| 긍정의 마법

 언젠가 우리 가족 세 사람이 식당에서 점심을 먹었던 일이
생각난다. 당시 우리는 유치원생 아이를 키우는 30대 젊은
부부였다. 음식을 먹고 있는데 바깥 사장님이 말을 걸었다.
부부가 서로 마음에 안 들더라도 '예쁘다', '좋다'고 생각하
며 살아야 한다고.

 사는 게 힘들던 때는 맞지만 그날 우리는 아무 일도 없었
고 아무 생각 없이 맛있게 먹고 있었다. 남에게 티가 날 정
도로 인상을 썼거나 사이가 안 좋아 보일 정도의 무엇도 하
지 않았다. 계산을 하며 안 사장님께 남편분이 이런 얘기를
하더라고 했더니 깜짝 놀라시며 말한다. 원래 뭘 좀 볼 줄
아는 사람인데 손님한테 그런 거 말하지 말라고 했는데도
또 그랬다고.

 나쁜 말을 한 게 아니니 웃으며 음식값을 지불하고 나왔
다. 그런데 바깥 사장님이 문밖에 있는 우리 차 앞까지 따
라 나와 또 말씀하셨다.
"내가 정말 안타까워서 하는 말인데 아내 말을 잘 들어야
하고 이 여자랑 살아야 이 차가 벤츠 돼."

나는 피식 웃었다. 내가 무슨 수로 남편한테 그 비싼 벤츠를 사줄 수 있을까 하고.

세월이 흘러 돌아보니 결혼 후 나는 남편과 함께 살며 어쩌다 빨간불이 들어왔던 그의 재정 상태를 체크하고 관리해주며 안정적으로 만들었다. 또 내 이름으로 청약해 당첨된 아파트로 이사를 하고 나서 벤츠 값은 벌었다.

그 후 나는 이런 긍정적인 말들을 믿기로 했다. 나는 앞으로 그가 원한다면 벤츠와 같은 좋은 차를 사줄 수 있는 여자가 될 것이라고 믿고, 남편이 나와 살아야 지금 타는 차가 더 안전하고 좋은 차가 될 것이라고 믿으며 산다. 좋은 말은 꼭 믿는다.

딸의 반에 매일 부적을 그리는 아이가 있다고 했다. 9살 때부터 이런 공부를 했고 벌써 5년 차다. 딸의 말에 의하면 그 아이는 귀신을 본다고 했다. 학교 3층 화장실에 귀신이 많고 습한 곳에 귀신이 많이 산다고. 그리고 오늘은 반의 쓰레기통 옆에도 여자아이 하나가 있었다고 했다. 나는 학교 괴담을 듣듯이 흥미롭게 들었다. 딸이 친구에게, 나는 나중에 어떻게 되냐고 물었다고 했다. 그러자 그 아이가 이렇게 대답했다고 한다.

"너는 나중에 성공할 거야. 재벌까지는 아니어도 크게 성공할 거야."

그 말을 듣고 내가 말했다. "그래, 맞아. 너는 성공할 거야. 그러니까 그런 좋은 말은 꼭 믿으면서 열심히 살아."

나는 종교와 무관하게 좋은 말은 항상 믿는다. 나는 곧 벤츠를 살 능력을 갖추게 될 것이고, 남편은 내 덕에 멋진 차를 탈 날이 올 것이다. 그리고 내 딸은 성공하여 사회에 공헌하며 행복하고 아름다운 삶을 살아갈 것이다.

나는 오늘도
우리에게
긍정의 마법을
걸어본다.

우리는 곧 그렇게 될 것이다.

| 마흔부터 건강 챙기기!

램프의 요정 '지니'가 한 개의 소원만 들어준다면 무엇을 말하겠는가? 나와 가족의 건강과 행복? 건강을 잃으면 엄청난 재산을 소유했어도 아무런 의미가 없고 물질은 다음 세상까지 가져갈 수도 없으니까 건강이 제일인 것 같다. 건강해야 더 행복할 수 있다.

늦어도 40대에는 어떻게 건강하고 행복하게 살 것인지에 대해 계획해 보면 좋겠다. 몸이 아프다면 오래 살더라도 행복하게 사는 데 어려움이 있을 것이다. 100세 시대에 건강수명을 늘리려면 어떻게 해야 할지, 마흔부터는 진지하게 건강 관리에 신경 쓰자.

나는 30대까지는 특별히 아픈 곳이 없고 신체적, 사회적으로 별다른 문제 없이 살아왔다. 신체 건강에 신경을 쓰게 된 것은 마흔 무렵부터였다. 소소히 통증을 느껴 병원을 몇 군데 다녀왔었다. 통증외과와 비뇨기과, 내과 외에 그러고 보니 유방외과에도 다녀왔다.

한 번은 가슴에 전에 느껴본 일 없는 미세한 통증이 느껴져 내원하여 초음파 검사와 엑스레이 촬영을 했다.

혹이 있지만 위험해 보이지는 않으니 일단은 지켜보자고 했다. 내원하기까지 큰 병이면 어쩌나 하는 불안감에 사로잡혔고 가족과 함께 있어도 혼자인 것만 같았다. 아직 오지 않은 미래를 걱정하며 중환자처럼 외로움을 느꼈고 불안이 엄습하곤 했다.

몸이 아프다는 것은
마음에서
쉽게 감당하기 어려운 일임을
그때 느꼈다.

큰 병에 걸렸다는 말을 듣는다면 그것을 받아들이고 열심히 치료받아야 할 텐데 그런 일을 겪게 된다면 내가 받아들이지 못하고 무너질 것 같다는 생각도 불안을 증폭시켰다. 그러나 걱정했던 일이 일어나지는 않았다.

걱정의 대부분은
실제로
일어나지 않는다는
말이 맞다.

결과가 좋지 않으면 어쩌나 미리 걱정하며 지금 당장은

결과를 알 수 없어 불확실한 상태이기에 최악의 상황이 올까봐 더욱 불안을 느끼는 것이다. 실제로 일어나더라도 최대한 빨리 충격에서 벗어나 현재 상태에서 자신이 할 수 있는 최선의 일을 하는 것이 더 좋을 것이다. 지금은 두려움을 현실로 맞이할 용기가 없으므로 나는 이제 건강을 챙기기로 했다.

 건강을 챙기기 위해 '갓생살기'는 매우 도움이 된다. 건강을 잃으면 다 잃는 것이라고 했다. 그러나 요즘엔 의학이 발달했으니 건강을 잃었더라도 나을 때까지 최선의 노력을 해보자. 사랑하는 사람들과 행복한 미래를 생각해 절대 포기하지 말자. 건강한 사람들은 건강을 잃기 전에 조심하자.

수분 보충을 위해 물을 조금 더 먹는 것
채소와 과일, 잡곡을 먹는 것
스트레스를 덜 받으려고 의식적으로 노력하는 것
운동을 하는 것
규칙적인 생활을 하는 것
등이 내가 건강을 위해 노력하는 방법이다.
나는 진지하게 '갓생살기'를 원하게 되었다.

| 나는 인프제(INFJ)

나는 MBTI(성격유형) 중 '인프제'라고 불리는 'INFJ'에 해당된다. 나의 첫인상은 순할 것 같이 보이지만 고집이 있어 평소 내가 옳다고 생각한 것에 대해서는 부러질지언정 굽히지 않는 그런 성격이다.

불의를 보면 어디서 용기가 나는지 나서기도 했고 도덕적 관념 또한 높게 가지고 있다. 불성실하거나 거짓된 것을 싫어하여 성실하고 정직하게 살려고 노력한다. 그래서 법대로, 규칙대로 사는 것이 가장 살기 쉬운 방법이라고 생각한다.

INFJ에 대해 검색해보니 이 유형은 보수적이며 모든 유형 중 가장 이해하기 힘들고 미스테리하다고 나왔다. 또한 이 유형은 모든 MBTI 유형 중에서 우울증에 걸릴 가능성도 가장 높다고 한다.

내가 봐도 내 성격이 쉽지는 않아 보인다. 게다가 난 어려서부터 마음이 여리고 눈물도 많았다. 주변 지인들에게 친절하게 대하기에 보통은 나를 성격 좋게 보지만 가장 가까운 가족에게는 아주 엄하고 철저한 성격이다. 나 스스로에게도 그렇다. 그리고 예민하다. 좋게 말하면 세심한 성격이다.

나도 털털하면서 에너지 넘치는 사람이 되고 싶지만 타고난 성격이 그렇지가 못해 아쉽다. 잘 고쳐지지도 않는다.

나는 내성적이고 감성적이면서 인내심이 많으며 계획적인 사람이다. 딱 INFJ다. 이런 내가 행복해지려면 하루를 계획하고 성실히 살아야 좋을 것이라고 본다. 갓생살기는 결국 내 행복에 도움이 되는 일이다. 타고난 성격대로 살기로 했다. 긍정적인 사고를 하기 위해 나는 매일 내 마음에 이야기한다. 나는 소중한 사람이고 나는 건강하고 행복한 사람이라고. 모든 것은 잘될 거라고.

나는 하루를 보람 있고 선하게 살려고 노력한다. 이것이 갓생 아니겠는가. 특히 고요한 아침 6시대에 일어나 행하는 일들은 내가 하는 좋은 노력이자 매일의 건전한 루틴이다. 루틴을 행하는 것만으로도 나 자신이 잘살고 있다고 느끼게 되고 용기가 생긴다. 나는 갓생을 살고 있다며 스스로를 칭찬하곤 한다.

내 삶을 물 쓰듯 흘려보내고 시간이 더 흐른 뒤에 남보다 이르게 아프고 병든 나를 만난다면 남는 것은 후회밖에 없을 것이다. 많은 병은 생활 습관을 올바르게 하지 못해 걸린다.

이런 경우의 병들은 노력하면 막을 수 있거나 늦출 수 있는 것이다. 예외도 있지만 우리는 우리가 할 수 있는 것을 하면 그만이다. 어차피 사람은 한 번은 죽는다. 죽는 순간이 언제든 후회를 덜 하고 싶다.

나는 게으름을 극복하고 인생을 조금 더 알차게 보내고자 한다. 내 삶의 끝이 언제든 최선을 다해 열심히 살면 그만이다. 그 너머의 일은 신의 영역이니 내가 어쩔 수 없는 것이다. 단 하루를 살아도 남에게 손가락질 받을 일을 하지 않기를 바라고 단 한 사람이라도 나로 인해 행복했다면 나의 하루, 나의 삶이 의미 있다고 생각한다.

평생 악한 일을 한 사람이
장수했더라도
그런 삶이
의미가 있을까.

선하게 살아보자.

| 건강을 위한 노력

 현명하고 지혜로운 사람들에게 배우기 위해 나는 틈틈이 독서를 한다. 그들의 삶은 본받을만하고 배울 것이 넘친다.

 내 삶의 잔여 시간을 보람되게 보내고
 만족한 삶을 살았다고 스스로 인정하며 살다가
 이생의 마지막 순간을 맞이하고 싶다.

 요즘 나는 건강 관련 책을 종종 읽는다. 건강 하려면 어떻게 해야 할까? 잘 먹고 잘 자고 화장실 잘 가면 된다는 말을 들은 적이 있는데 그러려면 운동도 해야 하고 피로하지 않게 적절한 휴식을 취하는 것도 중요하다. 또한 인생에서 만나는 모든 과한 것은 피해야 한다.

 일을 과하게 하면 과로가 되는 것이고 음식을 과하게 먹으면 과식이 된다. 술이 과하면 과음, 욕심이 과하면 과욕, 운전을 할 때 속도를 넘기면 과속, 여기에 스트레스를 과하게 받으면 이 자체가 질병에 노출되는 것이다. 과한 분노는 분노조절장애일 수 있고, 과한 운동 역시 몸에 해로울 수 있다.

피곤하지 않게 조절하고 너무 많이 먹지 않는 것과 정신적 스트레스를 조절하는 것이 중요하다. 100세 시대에 병 없이 건강하게 사는 것은 모두의 바람일 것이다.

이런 이야기는 건강 서적에 빠지지 않는다. 최근 읽은 책 중에 KBS 생로병사의 비밀 제작팀의 '가족의 몸을 살리는 30일 건강 습관'이라는 책이 있다. 이 책에는 대한민국 최고의 가정의학과 의사 4인의 코치를 받으며 한 달 동안 건강을 위해 노력하는 네 가족의 이야기가 나온다. 네 가족 모두 성인병을 가지고 있었다.

요즘은 성인병 대신 '생활습관병'이라고 고쳐 부르고 있다는데 그 이유가 성인뿐만 아니라 초등학생도 소아당뇨나 고지혈증 등의 진단이 내려지기 때문이다. 성인병은 대부분 생활 습관으로 인해 발생하므로 '생활습관병'으로 부르는 것이 좋다고 생각한다.

지인의 딸이 이제 막 성인이 되었는데 당뇨와 고혈압이 있다고 했다. 보통은 마흔 이후 그런 병에 걸리기 시작하는 것으로만 알고 살아왔는데 이제는 그렇지가 않음을 가까이에서도 확인할 수 있다.
요즘 아이들의 식습관과 생활 습관은 내가 어렸을 때와

많은 차이가 있다. 나는 정크 푸드나 가공식품을 적게 먹었고 주로 밖에 나가 뛰어논 기억이 많은데 요즘 아이들은 달고 짠 음식을 너무 자주 사 먹고, 우리 식탁에도 아이들 입맛에 맞는 덜 건강한 음식이 많이 올라온다. 걱정스럽다. 환경마저 건강을 위협한다.

요즘은 사람이 두려운 세상이라 초등학교를 품은 아파트를 선호하여 학교도 아주 가까이에 있으니 운동량이 너무 적다. 그런 이유도 한몫하는 것인지 비만 어린이가 넘쳐난다.

휴대전화도 문제다. 나도 초등학교 때 컴퓨터 게임을 하기는 했지만 요즘 아이들처럼 휴대전화로 언제 어디서나 원하는 것을 하고, 심지어 친구를 만나서도 각자 휴대폰을 하거나 같이 게임을 하며 보내는 환경과는 많이 달랐다.

우리 아이들은 당 중독, 휴대폰 중독에 빠지기 쉬운 환경에 살고 있다. 마약도 점점 우리 가까이에 오고 있는 것 같다. 피자값 정도를 지불하고 쉽게 온라인에서 마약을 접할 수 있다는 내용을 뉴스에서 봤다. 어린 학생들도 위험하다. 부모의 현명한 지도가 절실히 필요한 때이다.

건강은 '늦어도' 마흔에는 챙겨야 한다. 그러나 할 수 있다면 남녀노소 누구나 건강 관리를 하면 좋겠다. 건강을 잃기 전에는 소중한지 모른다. 나도 마흔이 되기 전까지는 건강은 당연한 것으로 여기었으니 말이다. 그러니 우리 아이들이 건강을 생각하며 사는 것을 바라기는 더 어려울 것이다.

내가 실천하고자 하는 것은 우선 좋은 음식을 먹고, 운동하고, 피로 관리를 하면서 휴식을 취하는 것이다. 정기적 건강검진도 잊지 않아야 한다.

주부는 집안일만 하는 사람이 아니다. 가족의 건강 컨설턴트의 역할도 한다. 가족의 건강을 위해 공부하고 신경 써보자. 마흔이 넘었다면 이제는 건강을 위해 우리가 이미 알고 있는 것들을 꼭 실천해 보자. 질병 예방을 위해서 의사들의 말을 듣지 않으면 누구의 말을 들을 것인가.

내 주변의 50대 이상의 남성 중에 혈관 문제로 시술받는 이가 늘고 있다. 40대에도 고지혈증 진단을 받는 이는 흔하다. 2~30대도 방심할 수 없는 시대가 되었다. 더 큰 병을 만나기 전에 우리는 지금 생활 습관을 개선하는 등의 건강을 위한 노력을 진지하게 해야 한다.

유병자의 경우에는 더 세심한 음식 섭취가 필요할 것인데 나는 현재 음식을 조절할 만큼의 병은 없으므로 견과류와 콩, 두부, 채소, 해조류, 생선, 살코기와 현미, 보리, 귀리 등의 잡곡을 먹으려고 노력한다.

오이, 당근, 토마토가 좋다고 해서 낮에 입이 심심할 때 먹기도 한다. 좋은 음식을 섭취하는 것만큼이나 중요한 것은, 좋지 않은 음식을 줄여 먹는 것이다. 아예 안 먹으려니 삶이 재미가 없기에 먹는 횟수와 1회 섭취량을 조절하기로 했다.

소화에 도움이 되기 위해, 식사할 때는 꼭꼭 씹어서 천천히 먹으려고 노력한다. 30회 이상 씹는 것이 좋다고 하는데 좀처럼 쉽지 않은 일이다. 40년에 걸쳐 빨리 먹는 좋지 않은 습관을 들였다. 그런 이유로 나는 식사 때마다 잘 씹는 정성이 필요하다.

갓생도 좋지만 그 귀찮은 일을 어떻게 하냐고 물을 수도 있다.

갓생살기는 내게 있어
나를 사랑하는
한 가지 방법이라고
대답하고 싶다.

운동이 중요하기에 매일 30분 정도 파워워킹을 하거나 최소 5천 걸음을 걷는다. 날이 좋을 때는 뒷산에 1시간 정도 다녀오는 것도 좋아한다.

계절에 따라 예쁘게 핀 꽃과 나무를 보면 마음이 편안해지고 힐링의 시간이 된다. 돌아오는 길에 야외에 설치된 운동기구를 전부 한 번씩 해보는데 몸이 가벼워지는 기분을 느낀다. 내가 전업주부라는 것의 장점은 이런 것이다. 나를 위한 행복한 시간을 낼 수 있다는 것 말이다.

대중교통으로 외출을 하면 하루 5천 걸음 정도 걷는 것은 쉽다. 가능하다면 자동차 사용을 줄이는 것도 건강을 위한 방법이다. 환경에도 도움이 된다. 매일 몸무게를 확인하고 기록하면 몸의 변화를 알 수 있다.

저염 식사를 하고 당을 제한하려고 노력한다. 설탕과 소금은 정제된 것이 아닌, 조금 더 거친 것으로 선택한다. 현재 나는 히말라야 핑크 솔트와 천일염 등을 사용하고 있다. 간장은 화학 재료로 단기에 발효한 것이 아닌 양조간장을 쓴다. 튀김 등의 기름진 음식은 되도록 적게 섭취한다. 또한 가공식품 섭취를 줄였다. 특히 햄 같은 것을 먹게 되면 꼭 끓는 물에 데친다. 아질산나트륨은 먹음직스러운 색을 내지만 건강에는 해롭다고 들었기 때문이다. 김밥을 싸야 하는 경우가 아니면 사실 잘 먹지 않는 편이다.

아침은 꼭 먹는다. 100세도 넘은 김형석 연세대 명예 교수의 아침 식사법을 비슷하게 따라 해보고 있다. 지팡이도 짚지 않는다니 그를 더 알고 싶어 몇 해 전 그의 책을 여러 권 읽었다. 식사도 중요하지만 느긋하고 온화한 그의 성격이 장수하는 데 큰 도움이 됐을 것이다. 서두르는 법이 없고 할 일을 미리 준비하기에 몸도 마음도 건강하신 것 같다. 그의 선한 미소는 아름답다. 건강과 삶의 지혜를 얻고 싶을 때 나는 그의 책을 다시 꺼내 읽곤 한다. 밑줄과 메모가 어쩜 그렇게도 많은지 그의 책을 재독 하는 것은 내게 있어 당연한 일이다.

그는 장수의 비결을 '일'이라고 답했다. 일을 계속하면 건강하다는 말이 맞는 것 같다. 좋아하는 일을 무리하지 않고 한다면 말이다. 그는 직업적인 일 외에도 봉사활동이나 취미활동을 하는 것도 좋다고 했다. 봉사활동과 취미활동이 건강에 도움이 된다니 내가 나름대로 잘살고 있는 것 같다. 소소하게 할 뿐이지만 말이다.

아침에 우리 가족은 주로 과일, 야채 샐러드와 계란을 먹는다. 감자 또는 토스트, 우유도 가끔 먹는다. 과일, 야채는 주로 제철에 나온 것을 선호하고, 질리지 않게 자주 바꿔준다.

저녁 식사는 보통 한식을 먹는다. 볶음요리보다 무침 요리
가 좋다고 해서 나물무침 같은 것을 자주 먹는다. 생선이나
육류의 살코기도 적당량 섭취한다. 국물은 적게 먹는 것이
건강에 좋다고 하니 좀 더 납작한 국그릇 사용한다. 가족의
건강을 돌보는 것에도 음식을 하는 주부의 역할이 크다.

| 건강에 좋은 루틴

　규칙적인 생활이 건강을 위해 정말 중요하므로 11시에 취침해서 6시대에 일어나는 루틴을 계속하고 있다. 나는 어려서부터 잠이 많았다. 부득이 늦게 자고 일찍 일어나서 피곤하다면 충분한 수면을 위해 덜 잔만큼 낮에 꼭 잔다. 이것을 파워냅power nap이라고 하는데 몸의 피로를 풀어가며 사는 것도 나를 위하는 한 가지 방법이다. 잠은 정말 중요하다.

　인생을 쪼개면 하루하루가 된다. 그 하루하루를 살며 절대 무리하지 않는 편을 선택해야 건강한 인생을 살 수 있을 것이다.
　일찍 자고 일찍 일어날 수 있는 사람은 더 큰 일도 할 수 있는 사람이라고 본다. 지금을 살아가는 우리에게 일찍 자고 일찍 일어나는 일은 정말 쉽지 않은 일이다. 일찍 일어나는 것보다 '일찍 자는 것'이 나에게 더 어려웠다. 11시에 잠자리에 드는 목표를 오랫동안 지키지 못하고 12시, 1시에 잠을 자고 다음 날 6시나 6시 30분에 일어났다. 늦게 잔다고 대단한 일을 하다가 자는 것도 아니었다. 시간을 허비하는 경우가 많았다.
　줌으로 하는 아침 독서 모임에 참가하기 위해 6시에 일어나기로 결심했기에 일찍 일어나는 것은 생각보다 쉬운 일이었다. 알람 소리를 들으면 바로 일어났다. 독서 모임에서 가장 참석률이 높을 정도로 일어나는 것은 문제가 없었다. 단지 늦게 잔 날은 5시간 정도의 수면을 했기에 몸의 피로를 감수해야 했다. 내 경우에 7시간에서 8시간 정도 수면을 하는 것이 좋은데 5시간을 자는 것은 내 몸을 혹사시키는 것이다. 그래서 꼭 11시에는 자겠다고 다짐했으나 한동안 지키지 못했다.

내가 깨어 있으면 아이도 함께 깨어 있어 성장기 아이에게도 좋지 않아 둘이서 같이 11시에 자는 목표를 세웠다. 자신의 의지로는 이행하기 어려운 일도 자식을 위해서라면 훨씬 더 잘 실천할 수 있는 것 같다. 자식이 아니더라도 함께하는 누군가가 있다면 실행력이 몇 배로 좋아진다. 이후 우리 둘은 같이 11시에 잠자리에 들 수 있게 되었다. 10시가 넘으면 취침 준비를 하고 침실에 들어가 눕는다. 30분 정도 잠자리 독서를 하는데 이때 미리 형광등의 타이머를 맞춰놓았기에 15분이나 30분 뒤 자동으로 꺼진다. 불이 꺼지면 아쉽지만 책을 치우고 잔다.

| 건강한 식사와 식재료

 정해진 시간에 밥을 먹는 것도 좋은 습관이다. 나의 시조부모는 두 분 모두 90세가 넘어서 돌아가셨다. 두 분은 늘 제때 밥을 먹는 것을 건강의 비결로 꼽으셨다. 그분들의 표현을 그대로 적어보면 다음과 같다.

'제때 밥을 먹어라.'
'아침밥을 꼭 먹어라.'

 또한, 건강을 위해서 식품첨가물, 항생제, 농약 등을 조심할 필요가 있다. 서민들은 늘 무항생제, 무농약만 살 수 없을 만큼 물가가 심상치 않지만 그래도 가능하면 식재료를 살 때 잘 살핀다. 무농약이 아니어도 집에서 농약을 꼼꼼히 제거하려고 노력한다면 건강에 이로울 것이다.

 장보기는 소량으로 자주 하고 장바구니를 챙겨서 간다. 이렇게 하면 환경도 생각하고 신선한 음식을 먹고 걷기 운동도 덤으로 하는 장점이 있다. 대신 무겁지 않은 만큼만 산다.

| 마음 건강을 위한 활동

 취미활동을 하는 것은 마음 건강에 더없이 좋다. 마음의 평안을 유지하기 위해 혼자 파워워킹 하는 시간을 나는 좋아한다. 그 자체가 명상의 시간이 될 수 있다.

 때로는 아무 생각 없이 심호흡하는 것도 명상이 될 수 있다. 코로 깊이 숨 쉬고 복식호흡을 하는 것은 마음을 편하게 하는 데 도움이 된다. 그냥 누워서 몸을 이완하는 것도 명상이라고 생각한다. 오래전에 어떤 책에서 봤는데 편안한 상태의 모든 활동이 명상이라고 했다.

 하루 중 명상하는 시간을 확보한다면 삶의 질이 높아질 것이다. 성공한 사람들 중에는 명상을 하는 사람이 아주 많다고 하니 마음을 다스리는 것이 성공하는 데 도움이 되는 것 같다.

 긍정적인 인간관계를 위해 너그러움을 가지고 마음 불편한 일을 최소화해야 한다. 가족 간 대화시간을 늘리고 함께 하는 시간을 위해 미리 계획하는 것도 좋다. 이번 주말에 어디로 가서 무엇을 할 것인지 적어봐도 좋을 것이다. 유적지에 간다면 미리 조사해 공부하고 가면 더 알찬 여행이 된다. 물론 그냥 가도 여행은 늘 좋다.

| 운동과 식단

　운동은 일주일에 3번 이상 하는 것이 좋으니 내가 할 수 있는 것, 배우고 싶은 것을 선택해서 '꾸준히' 하는 것을 목표로 하고 있다. 줄넘기, 배드민턴, 탁구, 요가, 수영 등 우리가 할 수 있는 것을 생각해 보자. 아니면 걷기 운동이라도 꾸준히 해보자.

　KBS생로병사의 비밀 제작팀의 '걷기만 해도 병이 낫는다.' 라는 제목의 책이 있다. 햇볕을 받으며 걸으면 뼈가 튼튼해진다고 하고 걷기만 해도 많은 병이 낫는다고 하니 밖에 나가 매일 걸어보자. 볕을 쬐고 자연을 보며 걸으면 마음도 치유될 것이다.

　또한, 나는 적정 체중을 유지하고 물을 자주 마시려고 노력한다. 아침에 일어나 책상에 앉으면 꼭 미지근한 물을 한잔 마신다. 식후 바로 눕거나 앉아서 쉬지 않으려고 15분 산책을 하기도 하고, 집안에서 서거나 걸어 다니며 책을 읽기도 한다. 스탠드 독서대를 마련한다면 식후 서서 책을 읽는 것도 익숙해질 것이다. 이 자체도 건강을 위한 운동이 된다.

　건강 식단과 운동도 미리 계획하면 좋다.

대중교통을 이용한다면 한 정거장 전에 내려 걷는 것도 시도해볼 만하다. 회사가 40분 이내라면 걸어서 출퇴근하는 것도 좋다.

내가 25살에 일본에서 막 돌아왔을 때, 체중이 원래보다 10kg 정도 늘어 있었다. 룸메이트들이 미국, 일본 등 모두 외국인이었는데 같이 살다 보니 장을 같이 보고, 같이 먹다 보니 나도 살이 쪘다.

한국에 돌아와 입사하며, 회사에서 40분 정도 떨어진 곳에 집을 구해 운동할 수밖에 없는 환경을 만들었다. 편도 40분, 왕복 1시간 20분을 매일 걷고 먹는 음식도 달라지니 원래의 몸무게를 되찾는 데 오래 걸리지 않았다. 운동과 음식조절을 함께 했을 때 체중 감량 효과는 높아진다. 그 이후로 나는 비슷한 몸무게를 계속 유지하고 있다. 어떤 일이든 하겠다고 결심하고 환경을 만들어 노력한다면 성취하기 쉬워진다.

내가 오늘 조절한 음식을 적고 운동량과 몸무게를 적어서 체크하는 것도 방법이 될 수 있다. 아니면 체크표를 만들어 이행한 것을 체크하는 것도 좋다. 하루를 보내며 틈틈이 스트레칭을 하고 기지개 켜는 시간을 가지면 몸이 개운해진다.
어려서 배웠던 국민체조는 자연스럽게 따라 할 수 있고

쉬워서 매일 하기 좋다. 앉아 있는 시간이 많다면 신경 써서 한 시간마다 한 번씩 움직여보는 것도 좋다. 이런 소소한 행위들을 이행한다면 생활습관병을 예방하는데 도움이 될 수 있다.

날이 좋다면 주말에는 가족 여행이나 가족 산행을 계획해보는 것도 멋진 방법일 것이다. 주말에 자녀를 포함해 가족이 모두 함께 집 청소를 하는 것도 좋다. 청소도 운동이 될 수 있다. 청소 후 나온 쓰레기도 다 같이 나가서 분리 배출해보는 것도 좋을 것이다. 집안일을 잘 하지 않는 가족 구성원은 분리 배출법조차 알지 못하는 경우가 많다. 기본적인 것은 가르쳐주자.

청소 후 맛있고 건강한 식사를 하며 마음속의 대화를 나눠보는 것도 좋다. 함께하는 시간을 갖는 것에 더해 공감과 이해는 가족을 더 단단하게 이어준다. 엄마만 집안일을 해야 하는 것이 아니니 주말에만이라도 가족으로서 함께 집안일을 해보자. 많이 움직일수록 건강해진다.

집안일에 기꺼이 참여한 인정 많은 아이가 사회에 나가서도 빛난다.

| 줄여야할 음식과 좋은 습관

 흰 쌀밥 등의 탄수화물, 선홍색 고기와 기름진 음식, 조미료, 양념 등의 자극적 음식은 줄이는 것이 좋다. 내가 먹지 않는 음식 중에 커피와 술이 있다. 팝콘과 탄산, 아이스크림도 자주 먹지 않는다. 수면에 방해되는 카페인이 든 것도 멀리하고 있다. 패스트푸드 및 달고 짠 음식을 주의하고 튀김 등의 분식류와 중국 음식도 조절하고 있다.

 식사량을 조금 줄여 소식에도 도전한다. 외식과 배달 음식 횟수를 줄이는 것은 결심과 노력이 필요하다. 8시 이후의 '야식'과 '과식'은 건강의 '적'이다.

 나는 식후 2시간 이내에 눕지 않는다. 소화가 잘되지 않고 위장이 말썽을 부려 내원했던 곳에서 조언을 듣고 세운 규칙이다. 위장을 위한다면 식후 최소 2시간이 지나고 눕는 것이 좋다.

 또한, 불규칙하고 나태한 생활 습관을 버리고 나의 하루를 좋은 습관, 좋은 음식, 긍정적인 것들로 채워 가려 노력한다.

나는 내가 좋은 것을 선택하고 노력할 때 행복함을 느낀다. 나는 몸에 해로운 음식을 먹지 않거나 덜 먹는다고 불행하게 느끼지 않는다. 그런 것들을 빼고도 즐거운 일은 많고, 어떤 일이 일어나도 나는 술이나 담배 등에 의지하지 않는다. 담배나 술이 없어도 문제를 해결할 수 있고 좋은 사람들과 친분을 유지할 수 있다. 모든 사람이 나처럼 살고 싶지는 않을 테지만 나는 이 방법대로 사는 것에 만족한다. 이렇게 사는 것이 나는 좋다.

뭐든 가능한 만큼 조금씩 실행하면 된다. 매일 손톱만큼이라도 성장하면 언젠가 눈에 띄는 성장을 할 수 있다. 생활 습관을 건강하게 들인다면 건강 수명도 늘어나지 않을까 기대해본다.

전업주부의 경우에는 가정에 있는 시간이 많다 보니 활동이 제한되고 매일 반복되는 집안일로 인한 스트레스가 있을 수 있으니 건강 관리에 주의해야 한다.

건강을 위해 중요한 또 한 가지는 바로 휴식이다. 주부도 쉼이 필요하다. 휴식이 우리 삶에 얼마나 중요한 부분인지 늘 인지해야 한다. 우리 주변에서도 3~40대 과로사의 사례는 얼마든지 있다. 과로는 생명을 위협한다. 현재 건강하더라도 반복적으로 무리하게 되면 건강이 위태로워지는 것이다.

그러므로 우리는 피로감을 느끼지 않게 신경 쓰고 항상 몸의 상태를 조절해야 한다. 가족의 건강도 신경 써보자.

내게 있어 휴식은
명상이고 음악이며, 잠이다.

가만히 앉아서 심호흡하거나,
잔잔한 음악을 듣고 있으면
마음이 편안해지고
쉬어간다는 생각이 든다.

가끔은 혼자 점심을 먹으며 평온한 음악 하나 틀어놓고 먹어보라. 내가 나를 대접하는 기분이 든다. 나는 글을 쓸 때도 가끔 음악을 틀어놓기도 한다. 때로는 아무 생각 없이 그냥 앉아만 있어도 좋다. 말 그대로 '멍때리기'다.

무리하지 않아야 한다. 누구나 몸과 마음의 건강을 위해 꼭 해야 하는 것이 휴식, 즉 쉼이다. 일상을 쉬고자 한다면 여행하면서 잠시 쉬어가는 것도 좋다. 이때 주의할 점은 휴식 같은 사람과 함께 하는 여행이어야 한다.

쉬어가자.

감사할 때, 우리는 더
행복해질 수 있습니다.

Erica Han

| 고마운 존재

 부모님과 가족들을 시작으로, 나는 감사한 사람이 많다. 사람 외에도 최근 내가 정말 감사하게 느꼈던 존재가 있어 이야기하고자 한다.

 살다 보면 컨디션이 좀 좋지 않은 날들이 있다. 그럴 때 집안일을 미뤄두게 되는데, 특히 설거지는 한, 두 타임 정도는 미뤄도 그 이상 미루면 영 찝찝하다. 그런 날 식기세척기에 그릇을 넣으며 생각한다. 남편은 출근했고 나를 도와줄 수 없다.
 나를 도와줄 수 있는 건 식기세척기뿐이다. 컨디션이 안 좋은 나를 도와주니 이 순간은 가족보다도 더 고마운 존재다. 진심으로 감사함을 느낀다. 아플 때는 진짜, 정말로 감사하다.

 내게 고마운 존재가 또 있다.

 내 여동생은 몇 해 전 주택으로 이사했다. 그 집에는 풍산개 두 마리가 있다. 원래 내게 그 개들은 그냥 '동생네가 키우는 개'일 뿐이었다.

그 개들이 소중해지기 시작한 건 동생네 집에 매주 방문하면서부터다. 오프라인 독서 모임을 같이하게 되어 월요일마다 아침 일찍 그 집에 방문했다. 도착하자마자 내가 가장 먼저 하는 것은 개들에게 사료와 물을 주는 일이었다. 그렇게 몇 달을 보내고 나니 풍산개 두 마리는 대문 앞에서 나를 발견할 때마다 그렇게 반겨줄 수가 없다.

　나는 개를 만지면 손을 더욱 깨끗이 씻어야 하니 잘 만지지 않는 편인데 어찌나 나를 향해 반가움을 표현해 주는지 고마운 마음이 들 정도라서 두 마리 다 얼굴을 만져주고 눈을 맞추고 인사를 할 수밖에 없다. 뒤돌아보니 세상 누구도 이 개들만큼 나를 반겨주지 않았다. 앞으로도 사람은 이렇게까지 나를 반겨줄 수 없을 것이다. 나 역시 누군가를 개들만큼 온몸으로 표현하며 반겨준 기억이 없다.

　이 세상에서 나를 가장 반겨주는 존재가 '개들'이라니. 웃음이 나기도 하고 진짜 고맙기도 하고 그렇다. 그렇게 생각하면 개를 본받아야겠다는 생각이 든다.

　얼마 전 친구를 만났다. 친구가 자기 딸에 대해 이야기했다. 내용은 아이가 밖에서 들어오면서 햄버거를 사 오는데 글쎄 딱 한 개를 사 온다는 것이다.

146

집에 사람이 있으면 하나 더 사와도 좋은데 자기 것만 사와서 먹는다고. 그래도 강아지 간식은 잘 사 온다고 했다. 내가 우스갯소리로 사람이 개만도 못한 대우를 받는 거냐고 물었더니 친구도 허탈한 듯 웃으며 그렇다고 답했다. 부모 것은 안 챙겨도 강아지 것은 챙기는 이유가 뭘까.

개만도 못한 사람은 되지 않아야겠으나 개를 알아갈수록 자신이 없다. 개보다 나은 사람이 되기도 쉽지 않은 것 같다. 아무리 애지중지 키워도 부모는 잔소리 한마디로 다 까먹는 걸까. 확실한 것은 개의 사랑스러움이 사람의 마음을 사로잡는다.

개는 늘 사람보다 표현을 잘하고 사랑스럽다.

주인을 구하고 죽은 개 이야기는 아주 흔하게 들어왔다. 개의 충성심은 배신이 없는 것 같다. 물론 미친개도 있지만 말이다. 우리는 나쁜 말에 '개'를 붙여 말하곤 하는데 '개'는 그런 말을 듣기엔 너무 훌륭하고 고마운 존재다. 상대방을 대할 때 고마움을 알고 반가움을 온몸으로 표현하는 것이 개에게 본받을 점이다.

내가 개와 같이 사람들을 환영하고 반긴다면 나는 많은

사람에게 더 많은 사랑을 받을 것이다. 그러나 안타깝게도 나는 그런 성격이 못 된다. 조금은 더 노력해 보려고 한다. 어떤 면에서 동물은 사람보다 더 위로가 되기도 하고 말하지 않아도 교감할 수 있으므로 참 감사한 존재다.

소도 그렇고 개도 그렇고 동물들의 그 눈망울을 바라보고 있으면 내 마음이 깨끗해질 것만 같다. 순수한 눈을 보며 나는 위로 받는다. 소나 개를 볼 일이 있다면 한 번 눈망울을 쳐다보라. 내 말의 뜻을 금방 알 것이다.

감사한 마음을 느낄 수 있는 존재가 많아질수록 내 삶은 행복해진다. 나는 사랑받았고 사랑을 주었다. 그렇게 우리는 친구가 되었다. 어른이 된 지금도 개와 친구가 될 수 있다. 개를 키우지 않아도 말이다.

개와 가족으로 사는 어떤 사람과 나눈 이야기가 떠오른다. '개 주인'이라는 말에 대한 것이다. 개의 주인이라는 말은 소유의 개념인데 정작 우리가 '개 주인'이라고 부르는 사람들은 개를 가족으로 여긴다. 그래서 '개 주인'이 아닌 '개 보호자'라는 말이 옳다는 것이다. 생각해 보지 못한 것인데 또 하나 배워 머릿속에 입력한다.
개는 훌륭하니 존중받아야 한다.

내가 어려서 참 좋아했던 책이 두 권 있었다. 하나는 '플랜더스의 개', 또 하나는 '어린 왕자'다. 지금도 이 책들을 사랑한다. 이쯤에서 「어린 왕자」의 명대사를 나눠보고자 한다.

당신의 장미가 그렇게 소중한 것은
그 꽃을 위해 당신이 들인 그 시간 때문입니다.

수천, 수백만 개의 별 가운데
누군가 하나밖에 없는 어떤 꽃을
사랑하는 이가 있다면
그 별들을 보는 것만으로도
그는 행복할 것입니다.

동생네 집 개들과 나는 예전보다 더 많은 '시간'을 함께 보내게 되었고 서로 얼굴을 보며 다가갔다. 처음에는 밥만 주려고 했는데 개들은 나의 냄새를 맡고 손도 핥으며 경계 없이 다가왔다. 먼저 다가와 주었기에 더 가까워졌고 나에게 반가운 친구이자 고마운 존재가 되었다.

동생네 개들만 그런지도 모르지만, 밥을 주어도 사람이 근처에 있으면 밥보다 사람에게 더 관심을 둔다. 사람이 그 자리를 떠나면 그제야 부지런히 밥을 먹는다.

나는 개들을 만나지 않는 날에도
행복함을 느낀다.

나를 반겨줬던
그 표정과 몸짓을 기억하는 것만으로도
미소 짓게 되고 고마움을 느낀다.

감사할 때 우리는 더 행복해질 수 있다.
사랑받고 싶다면 개에게 배우자.

| 내 평생 감사했던 기억

 내 인생에서 진심으로 감사했던 일이 몇 가지 떠오른다. 초등학교 시절 전학을 했을 때의 일이다.

 낯선 환경 속에서 말을 걸어주고 친한 친구가 되어준 아이가 있었다. 늘 나와 함께 해줬던 친구. 어렸을 때도 같은 동네에 살았는데 어른이 된 지금도 어쩌다 근처에 산다. 우정이 뭔지도 잘 몰랐던 내게 처음으로 고마움을 느끼게 해준 친구다. 지금도 행복하게 살고 있고, 어려움이 있어도 당차게 극복하는 중심 잡힌 친구다. 여전히 정이 많아 주변을 잘 챙긴다. 그 아이가 내 친구라는 것이 감사하다.

 감사한 일이 더 있다.

 내가 자취할 때 아는 동생을 통해 전셋집을 구할 수 있었던 것에 감사한다. 내가 지방에서 올라왔던 첫해는 월세를 살았었는데 다음 해 그 동생의 도움으로 전세로 옮길 수 있었다. 그 집은 그 동생이 다니는 회사 사장님 소유의 집이었는데 그냥 내가 가진 돈 천만 원으로 그곳에 살 수 있게 사장님은 나를 많이 배려해주셨다.

수도권이기에 원래는 전세를 그 정도 가격에 구할 수 없는 것이었다. 방이 두 칸이고 이전보다 꽤 괜찮은 집에서 안전하게 잘 살았었다.

감사했던 일이 하나 더 떠오른다.

아이가 아기였을 때 의식을 잃고 구급차를 탄 적이 있었다. 그때 구급 대원의 도움으로 신속히 병원 진료를 받았다. 남의 아이 일이지만 정말 열심히 일하셨던 우리 지역의 서부소방서 구급대원들에게 감사한다.

내 인생을 돌아보니 고마운 사람들이 참 많았다. 그런데 때로는 제때 제대로 갚지 못하고 지나간 경우가 있다. 마흔이 된 지금에 이르러 이제라도 갚고 싶다는 생각이 든다. 집을 빌려주셨던 사장님께도, 서부소방서에도.

그때 바로 갚았더라면 내게 도움을 준 바로 그 소방 대원께 갚을 수 있었을 것인데 많이 늦어버렸다.

모든 것은 때가 있다.

| 일본에서 만났던 고마운 친구들

일본에서 같이 살았던 동갑내기 카사마츠 유우코라는 친구가 있다. 나는 늘 미리 걱정하고 플랜B를 준비해야만 안심이 되는 그런 성격이었으나, 그 친구는 나와는 다르게 굉장히 낙천적인 성격으로 '마에무키ぇぇむき'라는 말을 내게 자주 들려줬다.

'앞을 향해 본다'는 뜻의 그 말은 말그대로 '전향적'이라는 뜻이다. 긍정적 사고를 함을 뜻하는 말로 적극적이고 건설적이며 발전적인 그러니까 뭔가 진취적인 느낌이 있는 말이다. 나는 그 특유의 밝은 성격이 좋았다. 우리는 함께 살며 정말 즐거운 시간을 보냈다.

유우코는 지금 홋카이도에 사는데 작년 5월에 벚꽃이 피었다고 가족사진을 보내왔었다. (홋카이도는 북쪽 지방이라 4월이 아닌 5월에 벚꽃이 피는가 보다.)

그녀는 내게 안부를 물어주는 고마운 친구다. 그 밖에 마리에와 하루카, 이즈미, 메구미 등 추억을 함께 한 친구들이 많다. 여전히 지금도 반가운 친구들이다. 당시 많은 일본인 친구들이 외국인인 나를 도와줬던 것에도 감사한다.

나를 여전히 친구처럼, 딸처럼 생각해주는 아베 치에코 할머니에게도 감사하다. 정확한 연세는 알지 못하지만 그 당시

70대였으니 아마 지금은 90세가 넘었을 것 같다. 고령임에도 내게 예쁜 글씨체로 편지를 써서 선물과 함께 보내오는 사랑 많은 나의 친구다. 친구는 나이도 국경도 없다. 사랑만 그런 것이 아니다.

요코하마에서 어느 날 길을 가다가 길가에 핀 꽃을 보게 되었다. 순간 그 꽃이 신이 내게 주신 선물 같아서 행복이 느껴졌다. 꽃이 거기 피어있다는 것을 모두가 다 알아채는 것은 아니다. 나도 그날 처음 봤으니까.
본 사람만이 느낄 수 있는 것. 그날 나는 가슴 벅차게 행복했었다. 그때 나는 감사한 마음이 있을 때 행복할 수 있음을 배웠다.

'감사는 행복이다.'라는 말을 내가 생각해 냈고 좀 멋진 말이라고 느꼈다. 최근 검색창에 그 말을 입력해봤는데 감사와 행복에 대한 글이 많이 보였다. 나만 그렇게 생각하는 것이 아니었고 이 비밀을 알고 있는 사람이 생각보다 많다는 것을 인지하게 되었다. 이 말을 내가 생각해 냈다고 말하기가 좀 찜찜해졌다.

어쨌든, 그때 나는 감사했고 무척 행복했다.

| 지금 어떤 것에 감사한가요?

나는 다른 사람의 생각이 궁금해질 때 가끔 가는 온라인 카페에 질문을 올려본다.

지금 어떤 것에 감사한지 물어보니 거의 40개 가까이 댓글이 달렸다.
(중복되는 댓글이 많았다.)

매일 매일 무탈히 먹고 싶은 것을 먹고
소소한 것이라도 사고 싶은 것을 살 수 있는 일상에 감사한다.
평범한 일상에 감사한다.
가족이 있다는 것.

아픈 곳 없이 건강함에 감사한다.
살아있는 것.
욕심을 내려놓고 살 수 있는 것.
자식이 건강하게 태어난 것.

돈을 벌 수 있는 것.
매일 출근 할 수 있는 것.
가진 것을 나눌 수 있는 것.
아프면 치료받고 나을 수 있는 병원에 감사한다.

전쟁과 같은 위험 없이 사는 것.
부모님께 감사한다.
저녁에 웃고 대화하며 잠들 수 있는 행복에 감사한다.
돼지와 닭을 먹을 수 있는 것.

자연에 감사한다.
좋은 사람을 만나 이야기 나눌 수 있어서 감사한다.
아이들이 착하게 자라는 것.
남편이 나를 챙겨주고 위해주는 것.

형제끼리 우애 있는 것.
큰 걱정 없이 살 수 있는 것.
남편이 돈 잘 벌어오는 것.
가족 모두 평안한 것.

나 스스로 무언가 해낼 수 있는 것.
웃으며 지낼 수 있는 것.
내가 지키고 보호하고 싶은 가족이 있어 감사한다.
오늘도 무사한 것.

내가 사랑받고 사랑할 수 있어 감사한다.
사랑하는 사람들과 함께할 수 있다는 것.
나를 필요로 하는 사람들이 있다는 것.
쾌적하고 아늑한 집에서 사는 것.

나에게 잘 맞는 일을 하고 있는 것.
좋은 사람과 같이 일하는 것.

돼지와 닭을 먹을 수 있는 것에 감사한다는 말에 웃음이 나왔다. 육류뿐 아니라 맛있는 음식은 행복을 준다. 그래서 정말 감사한 일이 맞다. 건강, 가족, 일, 행복, 사랑 같은 단어들이 눈에 띄었다. 가족이 건강하고 평범한 일상을 살 수 있는 것에 감사한다는 글이 가장 많았다. 나도 마찬가지고 여러분도 공감할 것 같다.

이외에도, 아파보니 건강이 최고라며 건강해야 이 평범한 일상도 누릴 수 있다는 댓글도 고개를 끄덕이며 읽었고 감사한 것을 생각하면 끝도 없다는 글을 보며 그분은 참 행복할 것 같다는 생각을 했다.

감사는 행복이다.
(감사=행복)

| 내 인생에서 가장 잘한 일

사람들에게 이 질문을 하면 엄마들 중에는 남편과 결혼한 일, 자녀를 낳은 일이라고 대답하는 사람이 가장 많다. 성별과 연령대가 다른 사람들의 대답을 소개해 보려고 한다.

사람들이 말한 잘한 일은...

사랑을 표현한 일
건강한 식단과 운동으로 몸을 관리한 일
건강을 관리한 일
다이어트에 성공한 일

연애한 일
퇴사한 일
재취업한 일
창업한 일

배운 것
배우자를 만난 일
전문가의 도움으로 마음을 치유한 일
종교를 갖게 된 일

면허증을 딴 것
이혼한 일
재혼한 일
외국어를 배운 일

운동한 일
살찌운 일
살뺀 일
톡을 삭제한 일

가족 여행
외국 한 달 살기
엄마와의 유럽 여행
유튜브, 블로그 시작한 일

TV 없앤 일
좋은 친구를 사귄 일
반려동물을 키운 일
아침형 인간이 된 일

수영 배운 일
술을 줄인 것
일기 계속 쓴 것
아이돌 팬이 된 일

요가와 명상으로 마음 다스린 일
독서와 글쓰기
술, 담배 끊은 일
백신 미접종
내가 이 세상에 태어난 일

다양한 대답이 나왔다.

가장 잘한 일, 모두가 잘 해낸 일에 아무런 기여도 하지 않은 '나'지만 글만 봐도 뿌듯함이 느껴진다. 몇 가지 나도 해보고 싶다는 생각이 든다. 나도 자녀를 낳은 일이 가장 잘한 일이라고 생각하고 있었다. 그런데 맨 마지막에 '내가 이 세상에 태어난 일'이라는 문장을 보고 너무 멋진 말이라는 생각이 들었다. 앞으로 내가 가장 잘한 일은 내가 이 세상에 태어난 일이라고 말하고 싶을 정도로...

백신 미접종도 눈에 띄는 대답이었다. '외국 한 달 살기'와 엄마와의 유럽 여행도 너무 좋아 보인다. 이 밖에도, '스무 살이었던 젊은 시절의 내가 스무 살이 될 미래의 자녀에게 써놓았던 편지를 다시 읽어볼 수 있었던 일'이라는 답변도 참 의미 있게 생각되었다.

(20대는 이미 지났으니) 40대의 내가 나중에 40대가 될 딸에게 편지를 써보는 것을 꼭 해보고 싶다. 지금 써야 내 딸이 내 나이가 됐을 때 친구처럼 공감할 수 있지 않을까 싶다.

편지는 천천히 써보기로 하고, 대신 나는 이 책을 여러분과 공유하는 동시에 중년이 될 미래의 딸에게도 남기기로 했다. 이 책을 남긴 것이 앞으로 내가 살면서 잘한 일이 되었으면 한다.

| 내 평생 가장 후회되는 일

사람들은 인생을 살며 원치 않게 후회하는 일이 생긴다. 어떤 사람은 인생에서 가장 잘한 일에 '퇴사한 일'을 적었고 또 어떤 사람은 가장 후회되는 일에 '퇴사한 일'을 적었다. 회사에 다니는 것이 그만큼 힘들기도 하니 대인관계나 적성, 급여가 맞지 않는다면 퇴사를 한 번쯤 생각할 것이다. 퇴사 해서 더 잘 됐다면 잘한 일, 더 힘들어졌다면 후회되는 일 이라 말할 것이다.

모두가 잘한 일에 퇴사한 일을 적을 수 있다면 얼마나 좋을까. 모두에게 좋은 일만 있을 수는 없다는 게 아쉬울 뿐이다. 결혼도, 이혼도 잘한 일이 될 수도, 후회되는 일이 될 수도 있을 것이다. 모든 것은 지나고 나서 알 수 있다.

사람들이 후회하는 일에는 다음과 같은 것이 있다.

공부 못한 것
인생을 즐기지 못했던 것
지나간 인연, 그를 잡지 못했던 것
배우자를 울게 한 것
부모님께 잘해드리지 못한 것

퇴직 후 시간을 흘려버린 것
돈을 모아 놓지 못한 것
평생 고생만 한 것
더 좋은 학교에 못 간 것
살며 사진을 많이 남기지 않은 것

결혼
시댁 잘못 만난 것
친구랑 싸운 것
전공 잘못 선택한 것
거짓말한 것

엄마 말 안 들은 것
아이에게 신경을 못 쓴 것
좋은 친구를 못 사귄 것
학력, 스펙 못 쌓은 것
엄마에게 대든 것

사고 친 것
배우자에게 못 할 짓한 것
인생 막 산 것
부모님께 효도 못한 것
건강 못 챙긴 것

노후 자금 못 모은 것
애들 공부 못 시켜준 것

여러분의 후회는 어떤 것일까 궁금하다. 이 예시 중에도 공감할 것들이 몇 가지씩은 있을 것이다.

아직 시간은 있다. 후회하는 중에도 시간은 계속 흐른다. 내 인생에서 가장 젊은 날은 오늘이라고 하니까 남은 인생 더 잘살 수 있도록 이제라도 바로 잡을 수 있는 것은 바로 잡자.

많은 연령층에서 공부를 열심히 하지 않은 것을 후회한다. 나 역시 공부를 조금 더 열심히 했더라면 지금쯤 더 좋은 인생을 살고 있을까 궁금하기도 하다.

내 인생에서 가장 후회되는 일을 돌아봤다. 내가 가장 후회되는 것은 30대를 힘겹게 보낸 것이다. 그때의 상황을 어떻게 바꿔야 하는지 몰랐고 생각이 많아 불면증에 시달렸던 기억이 난다. 시간이 해결해 준 부분도 있지만 그땐 희망이 보이지 않는다고 느꼈었다.

신은 각 사람이 감당할 수 있는 시련을 준다고 들었는데 당시 내게는 너무 버거웠다. 모든 일이 지나가고 뒤돌아 생각해 보는 지금, 내가 그때 시련을 감당한 게 맞나 싶기도 하다. 시간의 흐름에 따라, 운에 따라, 아니면 신의 도움에 따라 시련이 지나가게 된 것은 아닐까.

아니다. 이 모든 것에 나의 인내심도 인정해야겠다. 지금은 많은 것이 좋아졌으니 감사한다. 그 순간을 잘 이겨내면 언젠가 좋은 날이 올 것이다. 내일은 내일의 해가 뜬다고 한 말을 나는 믿는다.

희망을 가지고 살자. 나이가 많아도 늘 도전하며 살아야 젊음을 유지할 수 있다. 또한 독서와 공부는 죽는 날까지 계속하는 것이 좋다. 배움은 끝이 없다고 했으니까.

내 인생은 '선택'과 '기회'의 연속이었다. 선택을 잘했느냐 못했느냐에 따라 기회가 오기도 했고 오지 않기도 했다. 남은 내 인생은 어렸을 때의 철없는 선택과 다르기를 바란다. 좀 더 지혜롭게 선택하여 많은 기회를 잡고 싶다.

여러분도 어떤 기회가 왔을 때 잘 잡을 수 있기를 바란다. 나는 잘될 것이라고 계속 긍정적인 주문을 외우자.

후회되는 일 중에서
지금이라도 할 수 있는 일이 있다면
꼭 하라고 응원하고 싶다.

우리의 경험은 언제나 값지다.
좋은 경험이든, 나쁜 경험이든
경험을 통해 깨달음을 얻고 성장하기 때문이다.

Erica Han

| B 가족의 하루

알람이 울린다.
B는 일어나기 전에 기지개를 시원하게 켜고
이불 위에 앉는다.
약간의 스트레칭을 하고 간단히 씻고 주방으로 간다.
타이머를 맞춰 감자와 계란을 각각 삶고
양배추 등의 과채를 물에 담가 놓는다.

인기척에 남편이 일어나 웃으며 아침 인사를 한다.
씻으러 가기 전 남편은 아이를 깨운다.
각자 열심히 나갈 준비를 한다.

B는 물 한 컵을 들고 책상 앞에 앉는다.
휴대폰으로 줌에 들어간다.
B는 6시부터 7시까지 하는 아침 독서 모임의 멤버다.
모두가 모여 조용히 각자 책을 읽는다.
10분 늦었지만 자유로운 모임이라 상관없다.
B는 물을 마셔가며 어제 작성해놓은
'오늘 할 일'을 살펴본다.
소원에 대해 기도하고 감사 노트에 감사했던 일을 적는다.

그런 후 성경을 몇 장 읽고 나서
요즘 읽던 책을 꺼내 이어서 읽는다.
때로는 양육서, 교육서일 수 있고 소설, 경제 도서,
건강 도서 등 그때그때 관심 있는 것을 읽는다.

7시가 막 넘어선다. 이제 식사 준비를 마저 해야 한다.
줌에 들어갈 때처럼 나갈 때도
그냥 눈인사 정도 하고 나온다.

과일과 채소로 샐러드를 만들고
삶은 달걀과 감자, 우유 반 컵 정도 간단히 차린다.
가족이 함께 식사를 하고 나갈 때
잘 다녀오라, 잘 있어라 인사도 하며
서로 안아주고 각자의 곳으로 떠난다.
안아줄 때 볼과 볼을 붙여 체온을 느끼니 기분이 좋다.

아침 8시다.
B는 각 방에 이불 정리가 잘 되었나 확인하고
잘되지 않은 방의 이불을 정돈한다.
주방으로 와서 어제 저녁에 씻어 놓은 식기를
씽크대 안에 넣어 정리한다.
집안 곳곳에 꺼내져 있는 물건들을 제자리로 돌려놓는다.

설거지를 하고 세탁기를 돌리기 시작하니 8시 30분이다.
공원에 운동하러 나간다.
오늘은 좀 추운 날이라 30분 정도 운동한다.
평소 컨디션이 좋거나 시간이 많은 날에는 뒷산에 가서
1시간 정도 산책하기도 하지만 오늘은 좀 춥다.
실외에 설치된 운동기구에서 몸을 좀 풀고 집으로 온다.

간단히 씻고 빨래를 볕에 말린다.
요일별로 강의를 듣는 날도 있지만
오늘은 신청해 놓은 강의가 없고 한가한 날이니
읽고 싶은 책을 1시간 정도 더 읽는다.

10시 반이다.
바닥 청소를 하고 정리 정돈을 한다.
12시가 되면 식사 준비를 한다.
듣기 좋은 음악을 하나 틀어놓는다.
혼자 먹어도 음악과 함께 하면 기분이 좋다.

맛있는 음식을 요리해 건강하게 식사하고
설거지와 정리를 한다.
소화를 위해 서서 책을 읽는다.
이때 20분 타이머를 맞춰놓아 신경 쓰지 않고

편안히 독서를 한다.

1시다.

잠시 앉아 쉬면서 오늘 할 일 목록을 다시 살펴본다.

5분 청소를 해야겠다.

오늘은 서랍 한 칸을 정리하기로 마음먹었다.

정리를 하다가 늘어진 머리끈을 발견한다.

하루에 1개는 무조건 비워내기로 했기에 발견한 것이 기쁘다.

영어 공부를 20분만 한다.

공부할 때도 타이머는 유용하다.

공부를 했으니 유튜브를 2개만 본다.

1개는 웃을 수 있는 영상, 1개는 노래나 음악.

오후 2시다.

아이 공부 가르칠 준비를 한다.

시간이 나서 독서를 조금 더 한다.

독서 후 읽은 내용을 발췌하거나

느낀 점을 독서 노트에 적는다.

4시쯤 자녀가 돌아온다.

수학을 중심으로 해야 할 공부를 지도한다.

이후 각자 자유시간을 좀 갖고 저녁 준비를 한다.

7시쯤 남편이 돌아와 함께 저녁을 먹은 후 설거지를 한다.
유튜브에 배울 만한 강의 채널 하나 골라 듣다 보면
금방 설거지가 끝난다.
조금 쉬고 나니 9시가 됐다.
자기 전에 B가족은 사자소학을 필사한다.
셋이 앉아서 필사하고 느낀 점을 발표하는 시간을 갖는다.

9시 30분이다.
5분간 내일 할 일을 적고 오늘을 돌아본다.
씻고 취침 준비를 한다.
10시가 됐다.
밤에 화장실에 가지 않게 미리 다녀온다.
자기 전 읽고 싶은 책을 꺼내 잠자리에서 본다.

형광등 타이머를 30분으로 맞춰놓고 자녀와 함께
각자 책을 읽다가 불이 꺼지면
책을 내려놓고 마음속으로 감사 기도를 하고 잔다.

이렇게 사는 사람도 많다.
내가 원하는 가족의 모습이 있는가.
나만의 '갓생살기'를 계획해 보자.
지금 바로 나의 미래가 달라질 도전을 '시작'할 수 있다.

| 더 가까워진 가족

 앞에 소개했던 B가족이 바로 우리 가족이다. 물론 그날그날의 상황에 따라 조금 다르기도 하지만 가능하면 루틴 있게 살아보려고 노력한다. 집안일은 미뤄두면 쌓이고 쌓여 힘들지만 매일 조금씩 하면 오히려 일이 수월하다.
루틴은 하루를 정돈해주고 보람을 찾게 도와준다. 해야 할 일을 잊지 않고 부지런해질 수 있도록 자기관리를 해보자.

가족의 모습을
편안하게 생각하는
지금 내 나이가 좋다.

| 어떤 루틴이 있나요?

나름의 루틴은 누구에게나 있지만 강의를 듣기 전의 나는 루틴에 신경 쓰고 살지는 않았다. 매일매일 시간이 되는 대로 집안일과 할 일을 하고 바쁘면 미루기도 했다.

지금은 아침 6시에 울리는 알람 소리를 듣고 눈을 떠서 아침 루틴을 이행한다. 새벽 4시도 아닌 6시지만 내게 있어서는 기상 시간을 한 시간 앞당긴 혁명적인 일이다.

아침이 되어 눈이 떠지면 가장 먼저 침구 위에 누운 상태로 기지개를 켜고 이후 간단한 스트레칭으로 어깨와 목, 팔, 다리 등의 피로를 풀어 준다. 그런 후 간단히 씻고 주방으로 가서 아침 준비를 일부 해놓은 다음 물 한잔을 들고 책상 앞에 앉는다. 앞에서 본 B의 하루와 같다.

고요한 아침 우리 집에는 나만이 깨어 있다. 책상 위에 독서대를 올려두고 노트와 필기구를 놓는다. 전날 잠들기 전에 정리했다면 깨끗한 책상에서 기분 좋은 아침을 맞을 수 있다. 가져온 물을 한 모금 마신 다음 나는 '소원 기도'를 한다. 이때는 감사보다는 소원을 구체적으로 기도한다.

만일 건강하고 싶다면 몇 살까지 어떤 것의 도움 없이 스스로 걷고 싶다고 정확하고 자세하게 표현하여 기도한다. 부자가 되고 싶은 사람은 몇 살까지 얼마의 돈을 어떤 방식으로 벌고 싶다고 기도할 수 있다.

나는 미래에 바라는 것이 이루어지도록 기도라는 방법으로 소원을 말하는데 어떤 사람은 아침에 미리 적어놓은 희망의 글, 용기를 주는 글을 반복적으로 읽고 꿈을 향해 나아가고자 마음을 더욱 강하게 다지기도 한다. 또 다른 이는 '아침 긍정 확언'이라고 해서 긍정적인 내용으로 채운 글을 꺼내 아침마다 크게 소리 내어 읽기도 한다. '나는 나를 사랑한다.', '나는 부자다.' 이런 식으로 자신이 바라는 좋은 기운의 문장들을 매일 아침 외쳐 좋은 에너지를 느끼며 하루를 활기차게 시작하는 것이다.

아침 확언, 긍정 확언을 믿고 '비전보드'를 만들어 내 꿈을 사진이나 그림으로 붙이고, 자주 보고 이루어질 것이라고 믿는 사람도 많다. 얼마만큼 원하고 얼마나 노력했느냐에 따라 결과는 달라질 것이다.

어떤 이는 꿈을 매일 노트에 적어 이루고야 말겠다고 다짐하기도 한다. 노트에 꿈을 매일 100번씩 쓰는 사람들도 있다. 무엇이든 다 비슷한 의미를 갖는다고 생각한다.

여러분도 자신에게 맞는 한 가지를 골라 매일 해보길 권한다. 활기찬 아침은 나의 하루를 더 건강하게 바꿔준다.

이 중에서 나는 기도를 선택했다. 크게 외치면 더 활기차겠지만 고요함 속의 기도는 어느 때보다 '평온'하다.

누군가는 미래에 원하는 것이 이미 이루어진 듯 외치기도 하고 미래 감사일기를 쓰기도 한다. 미래 감사일기는 미래에 이루고 싶은 것을 이미 이룬 듯 현재 시점으로 감사하는 것이다.

나는 미래 감사일기가 아닌 현재의 '감사일기'를 쓰고 있는데 여기에는 감사한 일 1~2가지 정도만 한 줄, 두 줄 정도 적는다. 어제 감사했던 일이나 오늘 아침 감사하게 느껴지는 일을 적곤 한다. 오랫동안 하루도 빠짐없이 쓰고 있다.

처음에는 21일을 목표로 했다. 그런데 감사할 것이 며칠 후 바닥이 났다. 이대로 멈출 수는 없기에 검색을 통해 감사할 소재를 많이 찾아 메모해 놓았고 가끔 아무 생각이 나지 않는 날에 '컨닝 페이퍼'처럼 그날에 맞는 것을 골라서 감사했다. 왜 그렇게까지 생각나지도 않는 감사를 하려고 하는지 궁금한 사람도 있을 것이다.

나는 감사하면서 행복하게 살고 싶어서 그렇다. 무감각하게 당연한 듯 지나치는 것들에 감사하며 살고 싶은 것이다.

숨을 쉴 수 있는 것
걷는 것
볼 수 있는 것

따뜻한 집
가족
좋은 사람들

모두 당연한 듯이 누리지만 이 모든 것은 잃고 나서야 당연하지 않은 것임을 깨닫게 된다. 잃기 전에 항상 누릴 수 있음을 진심으로 감사하자. 소 잃고 외양간 고치지 말자. 잃어버린 그 소는 이미 떠났다. 다시 찾고 싶어도 내 마음대로 되지 않을 수도 있다.

많은 사람이 알고 있듯 행복해지고 싶다면 감사해야 한다. 민진홍 작가의 '땡큐파워'라는 책이 있다. 그 책을 읽은 것이 감사일기를 쓰게 된 계기다. 그 책을 읽어본다면 당장 감사일기를 쓰고 싶다고 느끼는 사람이 여럿 나올 것이다. 감사일기를 씀으로써 변화되는 자신을 발견할 것이라고 나 역시 목소리를 보태고 싶다. '땡큐파워'를 읽고 떠오르는 것을 내 나름대로 한 줄로 요약해보면 '성공하는 습관을 만들기 위해 하루 1분을 투자해 쓰는 감사일기'다.

21일간의 프로젝트를 해보겠다는 의욕이 생겨 시작했고 현재는 21일을 넘어 노트 한 권을 다 썼다. 더 많이 감사하면서 살아간다면 미래엔 훨씬 더 행복해질 것이다.

새로운 습관을 들이기 위해서는 21일간 노력해 보라고들 말한다. 21일을 성공했을 때 다시 30일, 3개월, 6개월, 1년으로 늘려나가면 어느새 일상이 되고 습관이 된다.

이것을 루틴Routine이라고들 하기에 나도 아침 루틴, 오전 루틴, 오후 루틴, 밤 루틴을 정해 루틴 있는 삶을 살고자 했다. 나는 노력했기에 습관화 되어 잘하게 된 것들이 늘었다. 그날의 일정에 따라 루틴을 행하기 어렵다면, 아침 루틴이라도 꼭 지키고자 한다. 이것은 여행을 가서도 꼭 실행한다.

무엇이든 해낸다면 성취감을 느낄 수 있고, 새로운 도전을 할 힘을 얻게 된다. 긍정에너지가 생겨나는 가장 쉬운 방법 중의 하나로 나는 감사일기를 추천한다.

| 아버지의 루틴

 일흔이 넘은 내 아버지는 저녁 9시 30분쯤 주무셔서 다음 날 5시가 되기 전에 기상하신다. 시간을 따져보면 7시간은 취침하는 것이다. 일어나면 물 한잔을 마시고 독서를 하거나 실내 자전거를 타고, 이후 바깥 산책도 하신다. 일흔의 아버지에게는 새벽이 참 길다. 낮에는 한문 붓글씨를 쓰거나 한문 고전을 필사하듯 베껴 타이핑을 하시며 잠시 컴퓨터를 사용하고 탁구를 치러 나가신다. 70대 아버지도 루틴이 있다.

 식사는 꼭 제시간에 적당량만 드신다. 가끔 들러 식사를 같이할 때 평소보다 한 숟가락을 더 드리면 어떻게 알고 그 한 숟가락을 덜어내고 드신다. 나보다 적게 드시니 소식을 하는 편이다. 저녁 식후에는 TV를 보다가 9시 30분이 되면 또 주무신다.
 루틴은 건강하고 행복한 삶으로 우리를 인도해준다. 긍정적인 생각과 규칙적인 생활을 하고 식습관과 생활 습관을 바르게 하면서 잠을 적당히 자는 것이 건강에 도움이 된다. 몸이 기억하듯 루틴을 철저히 해나가면 규칙적이고 올바른 생활 습관을 들일 수 있고 건강하고 행복하게 살 수 있다. 이것이 나의 '갓생살기'다.

| 고치고 싶은 습관

대부분의 사람들은 좋지 않은 습관 하나 이상은 다 가지고 있다. 나 역시 다리를 꼬고 앉는 습관이 있어서 고치려고 노력하지만 쉽지 않다. 온라인 카페에 고치고 싶은 안 좋은 습관이 있는지 물어보았더니 다음과 같이 대답했다.

손톱 깨물기
늦게 자고 늦게 일어나기
미루기
미뤄뒀다가 한꺼번에 하기
자주 낮잠 자고 게으른 것
틈만 나면 소파에 눕는 것
(청소 후 눕고, 빨래 널고 눕고, 집안일 하나 하면 무조건 눕는다고)
급한 성격
씻는 것을 귀찮아 하는 것
앉아 있지 않고 계속 일거리를 찾는 것
상한 머리 뜯기
다리 꼬기
스마트폰 오래 하는 것
쪼그려 앉기
입술 물어뜯기
TV 틀어놓고 휴대폰 하기
내려놓지 못하는 것

고치고 싶은 습관에 대한 것이다 보니 게으른 것과 미루기가 많았다. 생활 습관을 바르게 하지 않으면 몸과 마음의 건강에 영향을 미친다.

또한, 스마트폰을 장시간 하는 것은 어른, 아이 할 것 없이 고쳐야 할 사회적 문제라고 본다. 휴대폰은 그 조그마한 기계에 참 많은 것이 가능해지는 큰 세상을 담고 있다. 수많은 정보가 있고 편리한 생활이 가능해진다. 건전하게 이용한다면 재미있고 유익하기도 하다. 그러다 보니 중독처럼 오랜 시간을 휴대폰 사용에 할애하게 되는 것이다.

나의 경우에는 고치는 것이 어렵지 않았다. 독서를 하다 보니 책 안에서 배우는 것이 즐거워 책에 빠졌고, 그러다 보니 자연스럽게 사용 시간이 줄어들었다. 요즘은 글쓰기까지 하니 휴대폰은 점점 더 멀어진다. 습관을 고치는 것은 매우 어렵지만 불가능한 것은 아니다. 다만, 큰 결심과 노력이 필요하다. 올해는 꼭 좋지 않은 습관을 버리고 좋은 습관을 들이도록 해보자!

좋은 습관을 들이면 몸과 마음이 건강해질 것이다.

| 시간 관리를 위한 리스트

 나는 메모와 각종 리스트를 작성하는 것을 좋아한다. 나는
이 부분을 이 책에서 가장 강조하고 싶을 정도로 리스트와
메모에 애정을 느끼고 있다. 리스트를 활용해 일의 순서를
정해 우선순위에 맞춰 일을 처리하면 더 짧은 시간에 많은
일을 할 수 있다.

 약속이나 해야 할 일을 자주 잊거나, 시간에 쫓기는 사람
들은 리스트를 활용해 볼 것을 추천한다. 리스트는 나쁜 습
관을 고치고 좋은 습관을 들이는데 아주 큰 도움이 되기에
모두가 실천하면 얼마나 좋을까 하고 생각한다.

 나는 약속을 잘 지키고 싶고, 성실함과 책임감이 있는 사람
이 되고 싶기에 메모를 즐겨하는 것이다. 타인과의 약속은 물
론이고, 나 자신과의 약속을 잘 이행하는 사람이 되고 싶다.
매일매일 그날만의 것은 할 일 목록To do list에 적고, 그 외에
늘 해야 하는 것들은 한 달 체크표를 만들어 이행한다.

 한 달 체크표의 가로는 1일부터 31일까지의 날짜, 세로는
매일 할 일을 적는 목록으로 되어있다.

예를 들면 기지개, 물 마시기, 이불 정리, 아침 독서와 같은 것이다.

한 달 체크표는 내가 할 수 있고, 하고 싶은 것들로 채웠다. 처음부터 많은 루틴을 실행한 것이 아니라 하나씩 추가하며 늘어나게 되었다. 처음 루틴을 실행할 때는 한 개나 두 개 정도로 시작해서 가능한 만큼 늘려나가는 것이 좋다. 너무 버겁게 시작하면 쉽게 지쳐서 '갓생살기'를 포기하게 될 가능성이 높기 때문이다.

다음 페이지의 한 달 체크표를 참고해보면 이해할 수 있을 것이다. 이행한 것은 ✔표로 체크 한다.

다음 장의 체크리스트를 포함해 거의 모든 기록은 A5 20공 바인더에 정리함으로써 자주 살펴볼 수 있는 것이 장점이다.

July, 2023

Monthly check list			1	2	3	4	5	6	7	⋯	24	25	26	27	28	29	30	31
아침	1	기지개	✔	✔	✔	✔	✔	✔	✔	⋯	✔	✔	✔	✔	✔	✔	✔	✔
	2	감사일지	✔	✔	✔	✔	✔	✔	✔	⋯	✔	✔	✔	✔	✔	✔	✔	✔
	3	아침독서	✔	✔	✔	✔	✔	✔	✔	⋯	✔	✔	✔	✔	✔	✔	✔	✔
	4	물마시기	✔	✔	✔	✔	✔	✔	✔	⋯	✔	✔	✔	✔	✔	✔	✔	✔
	5																	
오전	6																	
	7																	
	8																	
	9																	
	10																	
오후	11																	
	12																	
	13																	
	14																	
	15																	
저녁	16																	
	17																	
	18																	
	19																	
	20																	
	21																	
밤	22																	
	23																	
	24																	
	25																	
	26																	
	27																	
★	28																	
	29																	
	30																	

리스트와 함께 바인더를 사용하는 것도 강력히 추천한다. 주부들도 시간 관리를 하여 성과를 낼 수 있으므로 오늘 나만의 매뉴얼, 리스트 만들기를 해보자.

내 바인더에 정리된 리스트와 기록은 다음과 같다.

- ✔ 감사일기
- ✔ 할 일 목록(To do list)
- ✔ 한 달 체크표
- ✔ 인생계획서(목표, 계획)
- ✔ 꿈 리스트 (버킷리스트)
- ✔ 21일 프로젝트
- ✔ 단어장
- ✔ 독서 노트
- ✔ 읽은 책 리스트
- ✔ 읽을 책 리스트
- ✔ 성공, 성취, 도전 리스트
- ✔ 아이디어 노트
- ✔ 딸에게 남기는 말
- ✔ 좋은 글
- ✔ 청소 리스트
- ✔ 연락할 사람 리스트
- ✔ 생일, 제사, 기념일 리스트
- ✔ 자녀 공부 및 생활 습관표 등

기록은 자기관리가 되도록 나를 도와주고 내 허술함을 없애준다. 기록의 도움으로 나는 사람들에게 정확하고 꼼꼼하다는 말을 듣곤 한다. 사실 나는 그런 사람이 아니었다. 모든 것이 리스트와 메모 등의 '기록' 덕분이다. 나는 메모하지 않으면 기억하지 못하는 일들이 많고 시간을 낭비하는 일이 많아진다.

 하루를 아침, 오전, 오후, 저녁, 밤으로 쪼개어 계획한 이 '한 달 체크표'는 월간 매일 해야 할 일이 있다면 다른 것에도 활용할 수 있다. 나는 아이의 자기주도학습과 생활 습관 체크에도 같은 양식을 사용해 아이가 직접 체크하게 했다. 세로 항목에는 독서 30분, 공부 30분, 빨래통에 빨래 넣기, 읽은 책 제자리에 넣기 등을 적었다.

 내 한 달 체크표에 있는 아이 관련 루틴은 내가 체크 하는 부분이다. 아이도 스스로 체크하지만 나도 아이가 하는 것을 따로 체크 한다. 나는 휴대폰 사용을 줄이기 위해 종이 체크표를 사용하는 것을 선호하지만 휴대폰을 똑똑하게 잘 사용하는 사람이라면 '마이루틴'과 같은 앱을 사용하는 것도 편리할 것이다.
 '청소리스트'도 유용하게 이용한다.
 조금만 미뤄두어도 금방 지저분해지는데 이럴 때 리스트를 활용하면 조금 더 쾌적하게 집을 관리할 수 있다. 매일 하는 청소는 한 달 체크표에 '✔'로 표시하고 일주일에 한 번, 한 달에 한 번 하는 청소는 '청소리스트'를 이용하면 잊지 않고 할 수 있기에 편리하다.

 나는 바닥 청소를 하고 간단히 정리 정돈하는 것을 매일의 목표로 하고 '청소'와 '환기'를 세트로 생각한다. 그 외에 '5분 청소' 시간을 가지는데 이것은 한 달 체크표에 '5분 청소'라고 되어있다. 이 5분 청소는 매일 다른 곳을 청소하는 경우가 더 많은데 주로 '청소리스트'를 보고 그날그날 정한다. 비가 와서 창틀이 더럽다거나 청소한 지 좀 지났다면 오늘의 5분 청소는 창틀 1곳이나 2곳이 될 것이다.

 나는 우리 집에서 청소를 제일 많이 하는 사람이다 보니 물건을 사용하고 제자리에 되돌려 놓으며, 어지럽히지 않으려 노력한다. 어른과 다르게 아이는 청소에 대한 생각을 그다지 하지 않을 것이기에 빠르고 편리하게 사용하고 원상태로 두지 않는 경우도 많다. 특히 내 아이의 경우 서랍을 연후 닫지 않을 때가 있고, 불을 켜 놓고 끄지 않거나 옷을 꺼낼 때 이 옷 저 옷 다 꺼낸 후 뒷정리를 안 하기도 한다. 생활 습관이 잘 잡힌 아이들은 어른보다도 정리를 잘하지만 보통의 아이들은 부모의 뒷목을 잡게 하는 경우가 종종 있을 것이다. 생활 습관은 유치원 때 잘 잡아두면 좋은데 이미 제대로 하지 않는 것이 습관이 되었다면 고치기가 어렵다. 초등학생 때라도 생활 습관을 바르게 하면 좋은데 그 시기에도 못 했다면 중, 고등학생 때도 바지를 뱀 허물 벗듯 해놓고 나가기 일쑤라고 한다. 대학생이 되어도 마찬가지라고 했다.

 자라면서 갑자기 고쳐지는 것이 아니라는 말에 또 뒷목을 잡을지도 모르겠다. 공부도 중요하지만 '생활 습관'을 바르게 하는 것이 기본 중의 기본이고 성공하는 첫걸음이라고 생각한다. 비난하지 말고 시간을 두고 지도해보자. 인내를 키울 기회가 될 것이다. 생각보다 어려운 일이다.

| 루틴 실천 1단계

 가장 쉬운 듯하면서도 절대 만만하지 않은 루틴이 있다. 그것은 앞서 말했듯 바로 일찍 자고 일찍 일어나기다. 일찍 자야 상쾌하게 일찍 일어날 수 있다.

 12시가 넘어서 잔다면 취침 시간을 매일 10분씩 앞당겨보자. 최종 목표는 11시. 잘 할 수 있다면 10시나 10시 30분도 좋다.

☑ 일찍 자기
☑ 일찍 일어나기
☑ 잠자리 정리

 위의 세 가지를 일주일간 실천해 보고 잘 되면 다음 단계로 넘어간다. 만일 잘되지 않는다면 시간과 노력이 좀 더 필요한 것이다. '갓생살기'를 하려면 더 강력한 다짐이 필요하다.

| 루틴 실천 2단계

☑ 계획 세우기
(인생의 목적, 사명, 단기·중기·장기 목표, 하루 계획, 프로젝트 계획 등)

 단 몇 줄로 적었지만 이것은 굉장히 중요하다. 어떤 사람은 계획에 관한 주제 하나로도 책 한 권을 쓰기도 한다. 그만큼 인생의 길잡이 같은 역할을 하는 것이 '계획'이다.

 여행을 갈 때 어디로 갈지 계획을 세우는 것과 세우지 않고 가는 것의 차이는 크다. 우리의 인생도 계획을 세워둔다면 그 계획서가 인생의 길을 알려줄 것이다. 준비한 만큼 더 알찬 시간을 보낼 수 있다.

 내 인생의 끝을 상상해보자. 찰스 디킨스의 크리스마스 캐롤의 주인공 스크루지를 모르는 사람은 없을 것이다. 스크루지는 자신의 장례식에 온 사람들이 한 말과 행동에 자신의 인생을 돌아보고 변화된 인물이다. 우리도 그와 같이 인생의 끝을 생각해 보고 현재를 개선해나가는 것도 좋을 것 같다. 내 장례식에 와서 나와의 헤어짐을 안타까워할 사람이 있을까? 그 사람이 누구일까?

내가 죽은 후에 남는 것은 무엇일까? 나의 살아온 흔적을 사람들은 어떻게 기억하고 평가할까. 더 괜찮은 삶을 살아보자. 그들이 기억하는 나의 모습이 아름다웠으면 좋겠다.

나의 남은 인생의 계획서를 작성해 보자. 검색창에 '인생계획서'라고 입력해 보면 지식백과에 양식이 보인다. 미래계획과 꿈 등이 포함되어 있다.

어떤 사람들은 40, 50, 60, 70, 80, 90대...로 나누어 계획을 하기도 한다. 오늘의 계획은 To do list에 적고, 조금 더 중장기적인 목표는 세분화하여 단기, 중기, 장기목표로 세우는 사람들도 있다.

습관을 만들기 위해 21일 프로젝트 계획이나 한 달, 1년 등의 계획을 세우기도 한다. 무엇이 됐든 인생의 계획을 세우는 시간을 갖는 것은 마흔 이후에도 필요하다. 어떻게 살아가야 할지를 정해놓고 사는 것과 무작정 사는 것은 과정과 결과 모두 다르다. 며칠이 걸리든 몇 주가 걸리든 이러한 계획들을 시간을 내서 세워보길 바란다. 이것이 당신의 삶을 변화시켜줄 것이다.

이번 단계를 마쳤다면 3단계로 넘어가도 좋다.

| 루틴 실천 3단계

☑ 할 일 적기 (To do list)

 매일 매일을 위해 전날 저녁 또는 당일 아침에 할 일을 적어서 하루를 관리한다면 잊고 펑크나는 일이 줄어들 것이다. 탁상 달력에 적어두고 사용하는 사람도 있고 할 일을 적는 수첩을 구입해 사용하기도 한다. 다이소에도 할 일을 적는 수첩이 있다. 학생의 할 일은 공부가 주가 될 것이고 주부의 할 일은 '집안일'과 '개인일'일 것이다. 각자의 할 일을 적어서 관리한다면 좀 더 보람된 하루를 보낼 수 있다.

☑ 오늘 한일 써보기(시간 가계부, 반성, 칭찬)

 오늘 무엇을 했는지 써보는 것도 좋다. 주로 집에 있다면 바인더를 테이블 위에 놓고 시간마다 한 일을 적어도 좋다. 이것이 어렵다면 앞서 소개한 한 달 체크표를 사용해 보는 것을 추천한다. 하루를 마치면서 반성과 칭찬을 적어보아도 좋을 것이다.

다 어렵다면 잠자리에 들기 전에 눈을 감고 생각해 보는 것도 좋은 방법이다. 종교가 있다면 기도하며 마무리해도 좋다.

'셀프 리추얼족', '리추얼 라이프'라는 말이 있다. 이 역시 MZ세대의 트렌드로, 삶에 에너지를 느끼며 살기 위해 규칙적인 생활, 즉 루틴과 습관을 들이며 사는 것을 의미한다. 자칫 게으름이 올라올 수 있지만 노력을 통해 무기력함을 벗고 성취감과 실행력을 느끼며 열정있게 사는 삶의 방식이다. 이런 방식대로 사는 사람들은 혼밥을 하더라도 종교적 의식을 하듯 제대로 갖춰 순서를 지킨다고 한다. 나름대로 괜찮지 않은가. 아침, 밤 리추얼을 만들어 보는 것은 어떤가.
 혼자만의 의식, 리츄얼은 우리를 지키는 힘이 되어주고 우리를 갓생의 길로 인도해줄 것이다.

| 바인더(플래너)와 기록

☑ 1. 바인더, 루즈리프

 나는 구멍이 20개인 3P 플라스틱 바인더를 쓰고 있다. 20개의 스텐레스 링으로 종이를 잡아주니 잘 찢어지지 않는 장점이 있다. 바인더의 커버는 가죽으로 된 것을 썼었는데 그게 부피가 큰 이유로 쓰지 않게 되어 현재는 얇지만 단단한 플라스틱 바인더를 사용한다. 만다라트, 버킷리스트(꿈리스트) 같은 것을 작성했더라도 굴러다니는 종이가 되어서는 안 된다.

 바인더는 이런 한 장, 두 장짜리 종이를 하나로 묶어 기록으로 만들어 주기에 참 편리하다. 나처럼 아날로그 감성인 사람들은 종이에 적는 바인더를 추천한다. 휴대폰 중독에서 벗어나고자 하는 사람들에게도 종이 바인더를 추천한다.

 잊기 쉬운 중요한 것들을 바인딩해 보자. 나는 소지하기 편리하여 2cm 내외의 두께로 된 바인더를 애용하고 있다. 바인더에 기록한 종이가 넘친다면 새 바인더를 사서 항목별로 옮길 수 있다. 예를 들어 바인더에 감사일기가 너무 많이 쌓였다면 지금 쓰는 페이지만 빼고 앞쪽에 썼던 것을 새로 산 바인더에 옮기는 것이다.

새로 산 바인더에 감사일기라고 제목을 적고 책장에 꽂아두면 된다. 계속 옮기다 보면 바인더에 감사일기가 점점 늘어날 것이다. 바인더는 두께가 2cm보다 더 큰 것도 있다. 가지고 다니는 바인더는 두께 2cm를 사용하지만 보관용은 더 두께가 있는 것을 나는 선호한다. 3P 플라스틱 바인더는 책받침보다 훨씬 더 단단하다.

나는 다이소의 A5 '루즈리프 노트'도 쓰고 있는데 속지가 들어 있는 구성이고 얇고 가벼우며 가성비로도 만족스럽다. 루즈리프 노트는 링이 플라스틱으로 되어있고 속지를 빼거나 넣는 것이 가능하면서 가격도 저렴해 만족하며 사용하고 있다. 단점은 커버가 좀 얇다는 것이다. 그러나 가격이 단점을 커버한다. 다이소에서 속지도 구매할 수 있다.

☑ 디바이더 탭
책갈피처럼 원하는 부분을 금방 찾기 위해서는 디바이더 탭을 사용할 수 있다. 이것이 있다면 아주 편리한 사용이 가능하다. 어릴 때는 견출지를 붙여 목록을 적어 쉽게 찾았으나 디바이더 탭을 이용한다면 훨씬 더 깔끔하게 오래 사용할 수 있다.
바인더에는 나의 미션(사명), 인생의 목표가 적혀있다.

연간계획, 월간계획, 주간계획도 들어있다. 가끔 나의 계획을 보면 방향을 잡는 데 도움이 된다. 나의 디바이더 탭의 첫 번째는 매일 쓰는 감사일기이다. 그 다음은 꿈리스트, 읽은책리스트, 읽을책리스트, 단어장, 좋은글, 명언노트, 성공·성취·도전일기, 청소리스트, 생일·제사표(음력 때문에 매년 새 달력에 옮겨적을 때 참고하는 용도다.) 아이디어 노트, 딸에게 남기는 말 등이 있다.

내가 원하는 대로 자주 쓰는 것들을 바인더에 넣어 사용하니 더욱 애정을 가지고 사용할 수 있어 좋았다. 물론 바인더 회사에서 만든 순서는 정말로 훌륭하다. 내가 다 따라하지 못할 뿐이다. 자신에게 맞춤식으로 바꿔 사용해 보는 것도 방법일 수 있다고 생각해 소개했다.

☑ 단어장
영어 외에 국어도 단어장이 필요하다. 모르는 단어가 나와도 문맥상 큰 무리 없이 이해하는 경우가 많지만 어휘 수준을 높이고 싶다면 단어장에 단어의 사전적 의미를 적는 것이 좋다. 단어장을 사용하면 어휘력이 확장된다. 독서를 하다가 '히포콘드리'라는 단어가 나왔는데 의미를 모르겠다고 가정해보자.

얼른 바인더를 꺼내 단어장이라고 적힌 디바이더 탭을 열어 메모한다. 모르는 단어가 너무 많아 몰입에 방해가 된다면 책에 모르는 단어를 표시하고 독서가 끝난 후에 한꺼번에 정리하는 방법도 있다. 보통으로는 한 단어를 몰라도 문장의 의미를 이해하는 데는 문제가 없기 때문이다.

☑ 독서 노트

내가 독서 노트를 쓰는 이유는 저자의 글을 평가하고자 함도 아니고 거창한 느낌을 적기 위한 것도 아니다. 내가 독서 노트를 작성하는 목적은, 읽은 것을 잊지 않기 위함이며 짧게 돌아보고 적용할 점을 적어 실행에 옮기기 위해서다.

독서 노트는 독서의 효과를 배가시킬 수 있다. 독서 노트에는 여러 책의 주옥같은 말들이 적혀있어 가끔 다시 읽어보면 빠르게 책의 기억을 끄집어낼 수 있어 도움이 된다.

독서 노트에 페이지를 적고 제대로 발췌해 두면 다시 보기 편하다. 독서 노트를 꼼꼼히 잘 작성해 두니 나중에 하나하나의 요약된 책이 모여 한 권의 소중한 책, 나만의 책이 완성된다. 그 안에는 정말 내게 필요하고 마음에 와닿았던 문장이 가득 차 있다.

작가의 집필 의도와 다르게 완전히 빗나간 해석을 할 수도 있겠지만 모든 책은 내 수준만큼 얻어가는 것이기에 느낀

그대로도 좋다고 생각한다. 단 몇 줄이라도 독서 노트에 적어보는 것은 어떤가. 독서 노트 작성이 어렵다면 키워드를 3개만 찾아 책에 메모하는 것도 좋다. 독서를 할 때 좋은 내용이 나오면 글을 읽으며 떠오른 생각이나 적용할 점(실천하고 싶은 점)을 적어두면 다음에 읽을 때 이전의 나를 만날 수 있어서 좋다.

 내 동생은 자녀들이 읽을 수도 있다는 생각으로 메모를 신중히 하고 때로는 자녀들의 이름을 적어 메모하기도 한다. 아들이 언젠가 그 책을 꺼냈을 때 엄마가 자신을 생각하며 적어둔 글을 발견할 때마다 보물찾기처럼 기쁘지 않을까 싶다. 먼 훗날 엄마가 세상에 없는 날이 와도 엄마의 메모는 여기저기에 편지처럼 남아있을 것이란 생각이 들어 좋은 방법 같다고 느꼈다.
 이렇게 줄을 그어 표시하고 메모한 것들을 노트에 옮겨 적어두면 훌륭한 독서 노트가 된다. 나의 독서노트에는 아래와 같은 것을 적는다. 노트 상단에 네모 칸의 내용을 채운 다음 그 아래쪽에 좋았던 내용을 발췌해 적고 떠올랐던 생각을 메모한다. 이렇게 작성했던 나의 독서노트의 내용 일부를 아래에 옮겨 적어보겠다. 인용하고 싶은 문장이 많았지만 이 책에는 느낀 점이나 떠오른 생각만 적기로 했다.

제 목	나는 아내와의 결혼을 후회한다. 쌤앤파커스
읽은 날짜	2023년 1월 1일 ~ 7일
작 가	김정운 문화심리학자
키 워 드	행복, 재미, 감탄
적용, 실행	가족에게 감탄사를 더 많이 사용하고, 나 자신의 행복을 위해 재미있는 일을 한다. (글쓰기)

도대체 나는 뭘 위해 살까? 내 삶의 최종 목적은 '행복'이라고 생각해 왔기에 오랜 시간 행복을 위해 살아왔는데 돌고 돌아 아직도 행복을 바라는 이유는 뭘까? 돈이 많으면 행복할까? 행복을 위해 일정 수준의 돈이 필요하지만 어느 선을 넘으면 돈이 많다고 반드시 행복한 것도 아닌 듯하다. 어린 시절엔 나도 친구들과 함께 행복을 느끼는 날이 많았는데 요즘엔 물질적으로 훨씬 더 풍족한 세상에 살아도 행복을 덜 느낀다.

친구를 만나도 나누는 이야기에 재미를 못 느끼는 경우가 많다. 예전엔 함께 있으면 공감할 것도 많고 즐거웠는데 어쩌다 내가 달라진 것인지 속상하기도 하다. 어렸을 때는 설레는 일들이 많았는데, 현재는 설레는 이벤트들이 없어지며 점점 그날이 그날인 날을 살아가며 재미를 잃어버렸다.

내 삶의 가치를 진정으로 높여줄 재미있고 즐거운 일을 해야 하는데 그게 무엇인지도 잘 모르겠다. 그것을 찾아보기로 했다.

언젠가 어떤 회사의 가장 높은 지위에 있던 분이 은퇴 후 얼마 지나지 않아 스스로 생을 마감했다는 이야기를 들었다. 잘 알던 분이다 보니 충격이 컸고 어떤 이유가 가장 컸는지는 알지 못하지만 은퇴 후의 정서적 상실감, 우울증을 잘 관리해야겠다는 생각이 들었다. 옛날과 다르게 수명이 길어진 현재는, 60대에 은퇴하고, 당당히 집에서 쉬는 것이 답이 아니라고 한다.

100세 시대, 퇴직 이후 남은 삶이 30년이 될 수도 있다. 그 기간이 한 사람 전체 인생의 1/3 이상의 긴 시간임을 책을 통해 다시금 인지하게 되었다. 그렇기에 지금부터 알차게 준비해야 한다.

유병자로 남은 인생을 살지 않기 위해 지금부터 건강을 관리해야 한다. 노후 준비라 하면 보통 노후 자금을 먼저 떠올릴 수 있는데 우리는 몸과 마음의 건강도 준비해야 한다. 은퇴 후부터 준비하는 것이 아니라 지금, 마흔부터 준비해야 한다.

몸뿐만 아니라 하고 싶은 일도 지금부터 준비하고 도전해야 하겠으며, 재미있는 취미활동을 즐겨 해야 한다. 그렇게 해서 뉴스의 이슈나 이웃집의 이야기가 아닌 나의 이야기를 하며 웃으며 살아가야겠다. 감탄을 하면서...

☑ 독서리스트 (읽은 책 리스트)

읽은 책은 몇 권을 읽었는지 구별하기 위해 번호를 적는데 본격적으로 책을 읽은 때부터 몇 년이 지난 현재까지의 번호와 올해 읽은 책의 번호를 각각의 칸에 적는다. 또 한 권의 책을 언제부터 언제까지 읽었는지 날짜도 적는다. 도서명과 저자, 출판사 등 필요한 정보를 적으면 내가 한 달에 몇 권, 일 년에 몇 권, 지금까지 몇 권을 읽었는지 알 수 있고, 읽은 책의 정보를 기록으로 남길 수 있다.

처음에는 가능한 만큼만 목표로 적고, 이후에는 50권, 100권, 300권, 500권, 1,000권... 계속해서 책을 읽으며 목표를 늘려가 보자. 내 머릿속에 지식과 정보가 차면 제법 괜찮은 말과 글로 아웃풋이 나오게 될 것이라고 믿어서 언젠가 그날의 나를 만나고자 한다. 본격적으로 책을 읽은 날부터 지금까지의 누적 권수와 올해의 권수 두 가지로 적어보자.

☑ 읽을 책 리스트

책을 읽다 보면 그 책에서 인용한 책들이 궁금해지기도 한다. 관심 있는 책이 있다면 읽을 책 리스트에 적어두었다가 다음에 읽어본다. 사람들이 추천하는 책 중 마음 가는 책이 있다면 이것 또한 리스트에 적어둔다.

☑ 성공, 성취, 도전 기록

 무미건조한 삶을 특별하게 만들기 위해서는 작은 성취를 많이 하는 것이 도움이 된다. 그래서 나는 성공, 성취, 도전에 관해 기록을 해둔다. 스텝업 리더십 센터에서 3P 프로과정을 배우면서 권유받아 시작했는데 뿌듯함이 크다. 교육과정을 수료한 수료증이나 열심히 노력해 취득한 자격증을 A5 바인더에 축소 복사해 끼워 놓거나 날짜를 쓰고 성공, 성취, 도전했던 내용과 느낌을 적기도 한다. 이 모든 것이 나의 성취감과 자존감을 높여주는 좋은 기록이 된다. 배우고 나서 괜찮았던 것은 계속해서 하는 편이다.

 내가 평생 성취한 것을 메모해 보았다. 나름대로 열심히 살아온 흔적을 기록으로 남기니 볼 때마다 뿌듯했다. 그 뒷장에는 아이의 성공·성취·도전에 대해 적은 기록이 있는데 상장이나 수료증, 임명장 외에도 일곱 살에 25cm의 모발 기부를 했던 것도 모발 기부 증서와 함께 기록해 두었다. 태어나 처음 타인을 위해 자신이 가진 것을 나눔으로써 아이는 마음의 따뜻함을 느꼈다. 아이의 느낌도 함께 적어두니 의미 있고 추억이 되는 괜찮은 활동이 되기도 했다. 이것은 소아암 환우에게 전달되는데 가발을 받는 아이가 완치되기를 기도했다. 바이킹과 롤러코스터에 도전했던 것도 날짜와 함께 적었고 아이돌 가수 아이브를 본 날도 느낌과 함께 적게 했다.

학급 부회장에 당선됐던 것도 적고, 교회에서 친구와 함께 피아노·바이올린 협주를 했던 것도 좋은 도전이었기에 적었다.

부모 도움 없이 혼자 버스를 타고 친구의 미술 전시회에 다녀온 것도 적었다. 무엇이든 성공하고 성취하고 도전했다면 기록해 둘 수 있고 이 기록을 볼 때마다 해냈던 기억을 떠올리며 아이는 자신감을 갖고 뿌듯함을 느낄 것이다. 앞으로의 인생에서 더 많은 성공과 성취와 도전이 있을 것이기에 기대된다.

☑ 아이디어 노트
바인더에 아이디어 노트를 만들어 두고, 살면서 영감받거나 번뜩이는 아이디어가 떠올랐을 때 적는다. 아이디어는 적어 두지 않으면 잊어버릴 수 있으니 언제나 떠오를 때 바로 적는 것이 좋다. 바인더가 없다면 휴대폰 메모장에 적었다가 옮겨 적으면 된다. 좋은 아이디어를 잊어버리지 않도록 메모하는 습관을 들이자.

☑ 딸에게 남기는 글
여기에는 소중한 내 자녀에게 남기는 말이 적혀있다.

살면서 중요하다고 생각하는 것이 생기면 날짜와 함께 적는다. 자녀에게 남길 수 있는 조언이나 부탁이 담겨있다. 자녀의 삶에 도움이 될 것 같다고 느껴지는 것이 떠오를 때마다 기록하여 언젠가 선물하려고 한다.

여기에 써놓은 것 중 몇 가지만 소개하겠다.

✔세상을 살며 남을 돕지 못하더라도 절대 민폐는 끼치지 말아라.

✔ 남에게 100원이라도 빌리면 꼭, 반드시 기억해 두었다가 다음날 바로 갚아라. 갚을 능력이 없다면 100원도 빌리지 말아라.

✔ 있을 때 잘해라. 내 소중한 사람과의 시간이 언제까지인지 아무도 모른다. 그러므로 사랑을 표현하고 안아주고 친절히 대하는 것을 미루지 말아라.

✔ 내 집에서든 남의 집에서든 사용한 물건은 반드시 원래 상태, 원래 장소에 되돌려 놓아라.
머물다간 흔적을 좋지 않게 남기지 말아라.

✔ 루틴 있는 삶을 살아라.
매일 꾸준히 운동과 공부, 독서와 취미 활동을 해나가라

✔ 아무리 바빠도 네가 열었던 서랍은 꼭 네가 바로 닫아라. 어떤 일이든 네가 한 일은 네가 책임지고 마무리 짓도록 해라.

✔ 항상 정직하고, 성실하며 정정당당하게 살아라.

✔ 코로나가 종식되어도 식사하기 전에 꼭 손 씻는 것을 잊지 말아라.

✔ 공부만 하거나, 놀기만 하지 말고 균형 잡힌 생활을 하여라. 놀기도 하고 네가 좋아하는 그림도 그리고 노래도 부르고 춤도 추고 악기 연주도 하고 여행도 해라.

✔ 인생을 재미있게 살려고 노력해라. 재미있는 책을 읽고 일도 재미있게 하여라. 오늘 하루를 재미있고 행복하게 살기로 마음먹어라.

✔ 매일 명심할 것은 차와 사람을 조심하는 것이다. 사람을 쉽게 믿지 말아라. 그러나 진정 좋은 사람을 알게 된다면 단 한 사람이라도 깊이 있게 사귀어라. 놀기 좋은 친구 여럿보다 마음 통하는 친구 한 명이 낫다.

✔ 내가 해야 할 일을 남에게 미루지 말아라. 오늘 할 일을 내일로 미루는 것도 하지 말아라.

✔ 내 행동의 결과를 내가 책임지는 사람이 되고 행동을 하기에 앞서 결과를 예측해보는 신중함을 가져라.

✔ 결심을 했으면 행동을 해라. 다음 스텝은?

✔ 중년이 되기 전에 책 한 권을 출간해보아라. 그러기 위해 많은 경험을 하고, 많은 생각을 해보아라.

✔ 사람들과 몸이 반복적으로 부딪히는 장소에 있다면 빨리 빠져나와라. 인파 속에 위험할 수 있다.

✔ 부모가 내게 보여줬던 사랑을 기억하고 훗날 부모님이 없더라도 그들의 육체가 나를 떠났을 뿐 그들이 나를 떠난 것은 아니라는 말을 기억해라. 함께 했던 추억과 미소, 가르침, 사랑은 영원한 것이다.

✔ 돈을 빌려줄 때는 그냥 주어도 될 만큼만 빌려주어라.

✔ 약속 시간 10분 전에 도착하도록 10분 먼저 나가라. 상대를 기다리게 하지 말아라.

✔ 아침 찬 바람은 감기를 불러온다. 젖은 상태로 나가지 않도록 하고, 항상 잘 말리도록 해라.

딸에게 남기고픈 내용이 떠오르거나 살면서 느끼는 것들이 있으면 계속해서 적어나갈 것이다.

☑ 생일, 제사 리스트

새해가 되면 나는 탁상 달력에 생일과 제사, 기념일을 적어둔다. 아이도 이 달력으로 나와 가족의 스케줄을 확인하기도 한다.

우리나라의 경우 제사는 보통 음력이고 생일도 음력인 어른들이 종종 있다. 새해마다 음력을 양력으로 바꿔 적는데 음력과 양력이 적힌 생일, 제사리스트를 바인더에 꽂아놓으니 매년 옮겨적기에 편리하다. 휴대폰에 한 번 저장하면 해가 바뀌어도 음력, 양력 알아서 똑똑하게 알려주니 편리하지만 혹시나 확인을 못하게 될 가능성이 있어 탁상 달력에도 꼭 메모한다. 바인더는 내게 필요한 많은 것이 묶여있어서 나의 보물창고와 같다.

☑ 연락할 사람 리스트

오랫동안 만나지 못했거나 궁금한 사람, 감사한 사람이 있을 것이다. 사람에 대한 리스트를 작성해서 한가한 일요일 오후에 톡이나 전화를 해보는 것은 어떤가.

지나간 인연이라도 나에게 감사했던 사람, 보고 싶은 사람, 궁금한 사람에게 연락을 해보자.

명절 때 선물을 준비해서 오래전 감사했던 사람을 방문해 보는 것은 어떨까? 그들을 위해 기도해 보는 것은?

☑ 버킷리스트 (꿈 리스트)

내가 20대였을 때는 싸이월드를 주로 했으나 요즘은

블로그나 페이스북 등에 글을 올려 공감을 받으며 교류를 한다. 미디어 다이어트를 하기로 마음먹고 나서는 SNS 대신 책쓰기로 나의 이야기를 풀고 있다.

 SNS에 글을 쓰자마자 타인의 반응을 살피는 행위를 하지 않을 수 있어서 좋다. '좋아요'의 개수가 무슨 의미가 있다고 하루에도 몇 번씩 들어가서 보며 내 인생을 허비했는지 모른다. 남에게 보여지는 일상에 주목하기보다 버킷리스트를 작성해 이뤄가며 스스로 성취감을 느끼고 진정한 행복을 느끼는 것은 어떠한가.
 많은 사람이 버킷리스트에 '내 이름으로 된 책을 출간하기'를 적어놓는 것을 보았다. 검색창에 버킷리스트를 찾아보면 이 말이 사실임을 금방 알 수 있을 것이다. 그렇다면 버킷리스트에 적은 '책 출간하기'를 위해 열심히 이행하는 사람은 얼마나 될까?

 SNS나 블로그에라도 글을 자주 써본 사람들은 글쓰기가 조금은 익숙해서 실천하기 그나마 쉬울 것이다. 그렇지 않은 사람들 중에도 '내 이름으로 된 책을 출간하기'라고 적는 사람이 많다. 어느 순간 유행처럼 늘어났고 실제로 공저 등으로 책을 출간하는 사람도 늘었다.
 이를 위해 글쓰기 강의를 듣는 사람도 많다. 그러나 책도 많이 읽어본 적이 없고, 글을 써본 적이 별로 없는 보통의 사람들이 200~300쪽에 달하는 긴 글을 쓰는 것은 쉽지 않다. 머릿속에 그 많은 내용이 정리되어 있어야 말과 글로 풀어낼 수 있기 때문이다. 자신의 전문 분야라면 이미 머릿속에 정리된 노하우를 글로 옮기면 될 것이다. 그러나 전문 분야가 특별히 없는 사람도 책을 출간하고 싶은 꿈을 꿀 수 있다.

글쓰기는 강의를 듣고 코치를 받으며 배울 수도 있고, 글 쓰는 방법을 담은 책을 통해 배울 수도 있다. 강의나 책의 도움 없이 그냥 자유롭게 쓰는 사람도 있을 것이다. 누구나 원한다면 어떤 방법으로든 책을 쓸 수 있다. 자유롭게 마음대로 쓰더라도 글쓰기 관련 책을 10권이라도 읽고 쓰면 도움이 될 것이다. 거기에 더해 내가 쓰려는 '주제'의 책을 20권 정도 읽고 쓴다면 더없이 좋을 것이다.

이 책은 나의 꿈을 담은 버킷리스트다. 나는 과거에 버킷리스트를 작성해 본 일이 없었다. 막연히 이건 좀 해보고 싶다 하는 것 몇 가지가 전부였다. 스텝업 리더십 센터에서 강의를 들으면서 처음으로 작성하게 되었는데 살면서 하나씩 이뤄가는 재미가 있다.

그냥 사는 것이 아니라 내가 원하는 것을 하고, 내가 원하는 것을 이룬다는 것이 의미 있다고 생각한다. 내 인생의 기획자는 '나'니까 말이다.

 내가 작성한 버킷리스트 목록 일부를 소개해 보겠다. 처음에 몇 가지를 기록했는데 더 이상 생각이 나지 않아 머릿속이 텅 빈 것 같았다. 강의를 같이 듣는 옆 사람들을 살짝 보니 다들 상황은 비슷한 듯 보였다.

 갑자기 쓰게 되니 생각이 잘 안 나는 것이다. 전부터 생각을 해봤다면 술술 적었겠지만 나를 비롯한 많은 이들이 이루고 싶은 것의 리스트조차도 생각하지 못한 채 살아온 것 같다. 단 몇 가지만 적을 수 있다는 것은 딱 그만큼만 내 머릿속에 들어있다는 것이다. 그래서 일부 목록은 책과 인터넷에서 도움을 받았고, 살면서 적고 싶은 것이 떠오르면 계속해서 추가하고 있다.

 리스트에 '달성 기한'을 적어보자. 어떤 것은 일주일, 한 달, 일 년 안에도 가능하고 어떤 것은 더 나이가 들어야 가능한 것도 있기에 언제까지 이룰 것인지를 적어두면 그 기한 내로 이룰 가능성이 커진다.

내가 하고 싶은 것

- □ 소장한 책 중 안 읽어본 책을 살펴보고 읽거나 처분하기
- □ 후회되는 일 중 지금 가능한 일을 리스트화해서 이루기
- □ 여러 번 재독한 책 10권 선정하기
- □ 30일 연속 아침 독서 하기
- □ 하루 1개 비우기 한 달간 실천하기
- □ 재능 기부하기(10번)
- □ 생일 외국에서 보내기
- □ 책 출간하기
- □ 소원 이루어질 때까지 매일 소원 기도하기
- □ 부모님께 매주 전화를 드리기
- □ 부모님 필요할 것 같은 물건이나 음식 보내드리기
- □ 부모님께 매달 용돈 드리기
- □ 부모님 모시고 대가족 해외여행 5회 가기
- □ 부모님 못 해본 일을 하게 해드리기
- □ 평생 성취한 일을 적고 계속 적어나가기
- □ 유튜브와 블로그 주 1회 올리기

가볼 곳

- □ 필리핀 한 달 살기
- □ 제주도 한 달 살기
- □ 일본 1년 살기
- □ 크루즈 여행

- ☐ 일본 자유여행 5년에 한 번
- ☐ 10개국 가보기
- ☐ 파리 에펠탑
- ☐ 마카오 세인트 폴 대성당
- ☐ 몽골 아리야발 사원
- ☐ 미국 여행

배울 것

- ☐ 영어 회화
- ☐ 사진
- ☐ 글쓰기
- ☐ 노래
- ☐ 유행
- ☐ 심리학

갖고 싶은 것

- ☐ 현금 10억 (2030년까지)
- ☐ 주식 S&P500 ○주 모으기
- ☐ 진정한 친구
- ☐ 건강, 행복
- ☐ 불타오르는 소망

미래의 나

☐ 남편의 영원한 절친
☐ 자녀에게 사랑받고 존경받는 어머니
☐ 에너지 넘치는 사람
☐ 도전하는 사람
☐ 당당한 사람
☐ 여성 리더
☐ 마음 따뜻한 작가
☐ 행복하고 건강한 사람

더 하고 싶은 것이 생각나면 계속 추가하고, 이룬 것은 앞의 네모 박스에 체크를 하면 된다. 앞서 말했듯 기록한 것 옆에 '달성 기한'을 적는 것이 좋다. 내가 책쓰기를 시작할 때 6개월을 잡았다. 5개월 차부터 기한 내에 쓰려는 노력으로 조금 더 집중력이 향상되었다. 달성 기한을 적으면 계획에 성공할 확률이 높아짐을 경험했다.

이룬 것은 바로 뒷장 노트에 날짜를 쓰고 소감을 남겨보자. 버킷리스트를 달성하고 성공·성취·도전 일기를 쓰다 보면 어느 날 그 이야기가 책이 될 수도 있다.

여러분도 작성해서 바인더에 꽂아두고 자주 보며 이뤄간다면 삶의 재미를 풍성하게 느낄 수 있을 것이다. 이 중에서도 더 간절한 것을 10개 안쪽으로 정해 우선순위로 두고 집중한다면 더 많은 꿈을 이룰 수 있을 것이다.

다음과 같이 추려볼 수 있다.

나의 우선순위 10가지

☐ 책 출간하기
☐ 소원 이루어질 때까지 매일 기도하기
☐ 유튜브와 블로그 주 1회 올리기
☐ 미국 여행
☐ 영어 회화
☐ 건강, 행복
☐ 마음 따뜻한 작가
☐ 현금 10억 (2030년까지)

| 인생의 목표와 꿈이 있나요?

궁극적인 내 삶의 목표는 건강하고 행복하게 사는 것이다. 인생의 목표를 세워보았는가? 목표에는 '구체적 계획'이 필요하다. 어떤 것에 가치를 두고 목표를 향해 갈 것인지도 중요하다.

인생의 목표인 '미션'을 정하고 '비전'을 갖기 위해 계획을 세운다면 내가 가고자 하는 곳에 더 정확하고 빠르게 도달할 수 있다. 목표와 계획이 있다면 내 길에 지도나 나침반이 있는 것과 같다.

어떤 '미션'을 가지고 살 것인지 목적을 분명히 하여 목표를 정하고 비전을 이루기 위해 구체적 계획을 세워보자. '핵심 가치'를 정해 나만의 원칙과 기준을 세워 삶을 살아가는 것은 어떠한가.

중간중간 계획을 수정할 수 있고 실수와 시행착오를 거치며 우리는 더 괜찮은 '갓'한 인생을 살아가게 된다. 나이가 몇 살이든 상관없이 '지금'이 정말 중요한 시기이다. 건강도 '지금' 잘 관리해야 노년의 건강 수명도 길어질 것이며 더 늦기 전에 목표와 계획을 철저히 하여 루틴을 이행하고 좋은 습관을 들이며 주변을 좋은 사람으로 채워나간다면 행복한 미래가 기다리고 있을 것이다.

보고 배울 점이 있는 사람, 만나면 마음 편해지는 사람, 내게 필요한 사람으로 주변을 채워보자. 성경에는 하나님을 사랑하고 이웃을 자기 자신처럼 사랑하라고 하는 두 가지 큰 계명이 나온다. 나는 이것을 실천하며 살고 싶다. 사람들에게 쉼과 용기, 그리고 웃음을 주는 사람이 되겠다는 목표를 가지고 있다.

우리의 목표는 구체적이어야 한다.
이웃을 어떻게 사랑할 것인지.
사람들에게 어떻게 쉼과 용기, 웃음을 줄 것인지
그러기 위해 무엇을 할 것인지.
언제까지 할 것인지.

더 세세한 계획이 있어야 한다.

| 주부도 할 수 있는 온라인 아침독서

혼자서는 하기 어려운 습관을 들이는 데 여럿이서 함께한 것이 도움이 되었다. '빨리 가려면 혼자 가고, 멀리 가려면 함께 가라.'는 아프리카 속담을 들어봤을 것이다. 함께 하면 성공할 확률이 더 높다는 것 또한 경험을 통해 다시 한번 느끼게 되었다.

강의를 듣고 인연을 맺은 사람들과 함께 '아침 독서 모임'에 참가하게 되었다. 혼자 읽으면 미루기 쉽지만 줌에 들어와 있는 사람들과 함께하니 책임감도 생기고 매일 읽을 힘도 얻었다. 집에서 편안히 아침 독서를 하고 얼굴을 보며 반가움을 느낄 수 있다는 것이 '온라인 독서모임'의 장점이다.

아침마다 고요함 속에 집중할 수 있기에 그 맛을 느껴본 사람이라면 아침 독서를 할 것이다. 아침독서는 하루 중 내가 나와 데이트하는 진지하고도 즐거운 시간이다.

겨울철에는 7시 반쯤 되어야 해가 뜬다. 계절마다 다르지만 해가 늦게 뜨니 6시에 일어나도 한 시간 반은 어둠 속에 불을 밝히며 경건하게 보낼 수 있다. 아침 해가 뜨기 전, 조용한 시간에 아침 독서를 하는 것은 특별함이 있다.

영감이 떠오르기도 하고 집중과 몰입의 정도가 평소보다 훨씬 높다. 기분도 상쾌하다. 게다가 오늘도 해냈다는 작은 성취감도 덤으로 따라온다.

독서를 할 때, 읽기만 하면 생각보다 금방 잊게 된다. 언젠가 지인에게 내가 전에 ○○책을 읽었다고 말하자 어떤 내용이냐고 물었던 기억이 있다. 300페이지가 넘는 책을 읽었는데 2분도 채 말할 수가 없음을 깨달았다. 나의 독서는 읽고 끝나는 독서였을 뿐 머릿속에 남는 것이 생각보다 너무 적었다. 그 후 나는 이 문제를 해결하기 위해 책을 읽고 적용할 점을 찾아 실천했고 독서 노트에 기록했다.

좋은 부분을 필사하기도 했고 느낌을 적기도 했으며 때로는 요약하기도 했다. 다 읽고 나서 떠오르는 '키워드'를 몇 가지 추려 책 앞쪽 빈 종이에 적고 1회 읽은 날짜를 적었다. 이후 재독을 하게 되면 그 날짜도 적으며 내가 전에 언제쯤 몇 번이나 이 책을 읽었는지 그때는 어떤 생각을 했는지 느껴보기도 했다.

| 독서법

많은 독서법 중에 내게 맞는 것을 찾아보는 것도 좋다. 개그맨이자 사업가인 고명환씨는 10쪽 독서법을 소개했다. 여러 권을 쌓아두고 10쪽씩 읽는 것인데 아이디어가 필요할 때 이렇게 읽으면 좋다고 한다.

분명한 목적을 가지고 내게 당면한 문제에 필요한 '단 한 줄의 문장'을 찾겠다는 마음으로 독서에 임하면 집중력이 올라간다고 했다.

나는 마음의 울림이 커서 매일 조금씩 천천히 읽고 싶은 책, 또는 생각할 것이 많거나 어려운 책을 읽을 때 10쪽이 아니더라도 조금씩 여러 권을 쌓아두고 읽는 편이다.

한 권을 다 읽는 데 시간은 오래 걸리지만 완독과 정독을 할 수 있는 장점이 있다. 예를 들면 성경 같은 책이 매일 조금씩 생각하며 읽기 좋은 책이다.

나는 10쪽 독서법 외에도 메모하고 줄을 그으며 읽는 메모 독서를 하고 있다.

| 가족 독서와 취침 전 독서

얼마 전 줌으로 가족 독서에 관한 강의를 들었다. 강사님은 아침 시간을 이용해 온 가족이 고전 읽기를 한다고 했다. 몇 년씩 이어온 것을 기록하여 자료로 남긴 것을 함께 보면서 좋은 가족 전통을 만들고 인문 고전을 읽는 명문가가 되기 위해 노력함에 박수를 보냈다.

나뿐만 아니라 모두가 독서를 할 수 있는 환경을 만드는 노력이 필요하다고 느꼈다. 기독교인들은 가족이 모여 매일 함께 성경을 읽는 시간을 갖기도 하는데 이때 각자의 성경을 가지고 밑줄을 치거나 메모를 하기도 한다. 그렇듯 논어가 되었든 명심보감이 되었든 하나를 정해 각자의 책을 가지고 가족 독서를 해보자. 가족 독서는 가족을 가깝게 해준다. 하루 중 30분이라도 책을 함께 읽고 나눌 수 있는 시간을 확보하여 일주일, 한 달, 일 년... 꾸준히 매일 조금씩 해나간다면 어마어마한 결과를 낳을 것이다.

아쉽지만 우리나라도 독서율이 계속 떨어진다고 한다. 이유가 뭘까? 책보다 더 자주 소지하고 쉽게 사용할 수 있는 스마트폰도 한가지 원인이다.

스마트폰은 블루라이트와 전자파가 방출됨으로 인해 기억력 감퇴뿐 아니라 발암과 불임 가능성까지 언급되고 있다. 이런 상황에서 어떻게 스마트폰 사용을 줄일 수 있을까.

나는 우리 가족이 스마트폰 사용을 더 줄일 수 있도록 책을 통해 정보와 재미를 얻을 수 있게 권유하고 있다. 2000년대 초에 내가 일본에서 인상 깊게 본 것은 많은 일본인이 지하철에서 독서를 한다는 것이었다.

그러나 요즘에는 스마트폰을 하는 사람이 대부분이라는 말을 들었다. 독서를 좋아하던 일본도 현재는 우리와 사정이 다르지 않은 것 같다. 스마트폰의 편리성 너머를 보고 꼭 필요한 때에만 사용하는 것이 좋을 것이다. 특히 아이들의 경우에는 더욱 스마트폰 사용에 주의가 필요하다.

스마트폰 사용을 줄이기 위한 한 가지 방법을 제안한다. 잠들기 전 스마트폰 대신 독서 시간을 가지는 것이다. 가족 모두의 건강을 위해서도 좋은 루틴이 될 것이다. 잠들기 전에 독서를 해보자. 아이가 어릴 때 시도했던 '베드 타임 스토리' 시간처럼 매일의 루틴으로 다시 한번 '취침 전 독서'에 빠져보자.

| 오프라인 독서모임

　줌으로 하는 아침 독서는 자율적으로 진행하고, 거기에 추가로 일주일에 한 번 '오프라인 독서모임'에도 참여했다. 이 모임에서는 연간 읽을 독서를 미리 정해 두고 해당 날짜의 책을 읽고 좋았던 부분을 서로 발표한다. 이때 내가 느낀 점과 실천했던 부분(실천하고 싶은 부분)을 함께 나눈다.

　우리는 격주로 정해진 책을 읽고 나머지 주는 각자 원하는 책을 자유롭게 읽기에 한 달에 2권은 정해진 책, 2권은 자유 도서를 읽는다. 명절을 뺀 모든 주에 쉬지 않고 한다. 한 번, 두 번 쉬게 되면 쉬는 횟수가 늘게 되고 자꾸 쉬면 독서가 이어지지 않기 때문에 매일 '아침독서'와 함께 꾸준히 이어가고 있다. '더 나은 삶'을 살기 위해 모인 사람들이기에 서로에게서 배울 점이 많고 책을 읽었어도 내가 미처 느끼지 못한 부분을 다른 사람이 언급함으로써 다시 한번 생각할 수 있는 것이 독서 모임의 좋은 점이다.

　우리는 함께 모여 삶의 목표와 계획 (평생계획, 연간계획, 월간계획, 주간계획 등)을 세웠고 '버킷리스트'라고도 부르는 '꿈 리스트'를 작성하며 행복했다.

나는 좀 더 계획적으로 '갓생살기'를 하고 싶다는 생각을 했고 내가 세운 목표를 하나씩 실행해 나가겠다고 다짐했다.

나의 버킷리스트에 적었던 것 중에 책을 출간하는 것이 있어 글을 매일 쓰듯, 이 외에도 이루고자 적었던 것들을 하나씩 이뤄가는 중이다. 버킷리스트는 내 삶을 더 즐겁고 재미있게 해주고 나를 더 멋진 사람으로 만들어 준다.

| 나의 길을 찾는 노력

 회사에 다닐 때는 수출과 수입, 통관업무를 주로 했다. 견적과 주문에 관련된 모든 서류 작업과 외화 송금, 그리고 세관 문제와 차량 임차 등 원재료가 우리 회사 공장으로 들어오기까지의 모든 일이 나의 업무였다. 비서 일을 했던 적도 있다. 비서업무 중 주 몇 회씩 골프장 예약을 했던 것이 내가 했던 주된 업무보다도 먼저 떠오른다.

 돌아보니 사업을 했던 때를 제외하면 월급쟁이로 일하지 않은 지 15년도 넘었다. 회사는 수도권에서 다녔으나 현재 내가 사는 곳은 지리적 위치상 무역직을 구하는 곳이 많지 않다. 그래서 전업주부로 지내다 기회가 되어 사업을 하게 되었던 것이다.

 어린 시절엔 외국어를 배워 무역 관련 일을 하고 싶었고 그대로 되었다. 당시에는 꿈을 이룬 것 같았으나 마흔이 넘은 나는 다시 새로운 꿈에 대해 생각하고 있다.
 새로운 도전을 하는 것은 삶에 활력을 준다. 계속해서 독서하고 글도 쓰고, 관심 있는 공부도 하면서 열심히 '갓생'을 살고자 한다.

| 사람은 평생 배워야 한다.

아이에게 손이 덜 가게 되면서 시간이 생긴 나는 도서관 강의를 학기마다 들었다. 기억나는 강의는 POP 글씨 쓰기, 캘리그라피, 역사, 영화배우기, 하브루타 교육, 웹소설 쓰기, 독서 지도 교육, 글쓰기 등이다.

평생교육 차원에서 배움은 기쁨이 되고 타인과의 소통의 장이 된다. 나는 배우는 사람이다. 배움의 끝엔 조금 더 발전한 나를 만날 수 있다. 나는 더 행복해지기를 바라고 마음의 평온을 느끼며 살고 싶다. 50세가 되면 악기도 하나 다루고 운동도 하나 제대로 할 줄 알면 좋겠다. 나와 가족을 지키고 남을 도우며 살려면 조금 더 부자가 되면 좋겠다는 생각도 든다.

생각을 많이 하다 보면 머릿속이 복잡해지기도 하는데 독서는 늘 내 마음의 중심을 잡아준다. 책 속의 한 줄이 누군가의 인생에 터닝 포인트가 되어줄 수 있다. 좋은 책에서 좋은 배움을 얻는 것은 가치 있는 일이다. 우리가 답을 찾고자 하는 것이 있다면 독서를 통해 답을 찾아보자. 그 첫걸음이 하찮아 보일지라도 내딛어보자.

꾸준히 하는 것은 목적지를 향해 조금씩 가까이 가고 있다는 것이다. 두려움을 내려놓고 자신을 믿자.

학기마다 도서관에서 평생교육과 같은 강좌의 수강 신청을 받는다. 그 외에 공공기관에서 하는 무료 강의도 있는데 교양을 쌓는 데 도움이 된다. 사람은 평생 배워야 한다. 전문성을 가진 선생님들이 강의를 해주어 학기마다 즐겁게 수업에 참여할 수 있어 감사하다. 나를 발전시킬 방법은 찾아보면 생각보다 많다. 유료, 무료 강의는 형편과 가치관, 강의 주제 등에 따라 정하면 된다.

나는 무료 온라인 강의도 즐겨 듣는 편인데 '**경기도 지식**'이라고 검색해보면 '경기도 평생학습 포털 GSEEK'이라는 사이트가 보인다. 상당히 좋은 온라인 강의가 다양하게 올라와 있다. 경기도에 살지 않아도 가입 후 이용할 수 있다.
최근 이어령 선생님의 스토리텔링 강의를 들었는데 이 모든 강의를 무료로 들을 수 있다는 것이 얼마나 좋은지 모른다. 아이 영어 동화 듣기도 이곳에서 해보았는데 꽤 재미있다. 앱도 있어서 휴대폰으로도 들을 수 있다.

| 사교육 줄이기

교육에 대한 내 개인적인 생각을 조금 나눠보고 싶다. 초등학교 때부터 학원에서 너무 달려버리면 아이의 유년 시절이 없어지고 공부의 필요성을 깨닫기도 전에 공부가 힘들다는 인식이 생겨버릴 수 있다고 생각한다. 그래서 나는 사교육을 최소화하고 있다.

더 커서 배우고 싶은 것이 있다면 자신이 진정 원하는 것을 배울 수 있기를 바라기에 때를 기다리고 있다. 그때를 위해 매월 일정 금액을 저축한다.

내가 원하는 것이 아닌, 아이가 원하는 것을 원하는 바로 그때 배우게 하는 것이 무언가를 배우는 아이의 자세에도 좋다고 생각한다.

자녀가 어릴 때부터 교육에 너무 많은 투자를 하면 나중에 내 노후에 빨간불이 들어올 수도 있다. 자녀에게 내 생활비나 병원비 또는 요양원비를 감당하게 하지 않도록 내 앞날은 내가 준비하자.

| 매일의 루틴, 영어공부

영어 관련 무료 앱 중에서 '듀오링고'라는 것이 있다. 영어 실력이 부족한 초등, 중등 아이들에게 추천한다. 유료 이용도 가능하지만 짧은 광고를 본다면 무료로 이용할 수 있다. '듀오링고'는 기초가 약한 어른들에게도 도움이 된다. 매일 꾸준히 한다면 듣기, 말하기, 읽기, 쓰기에 골고루 도움이 될 것이다. 내 아이는 이것 외에 유료로 주 3회 30분 일대일 화상영어 수업을 받고 '지식'에서 동화 듣기를 하거나 영어로 된 책을 읽기도 한다. EBS 앱에서 온라인 강의를 듣거나 문제집을 활용하면 꽤 괜찮은 자기주도학습을 할 수 있다.

아이에게 영어를 처음 가르칠 때가 생각난다. 집에서 알파벳을 외우게 한 다음, 국내에서 만든 한 권짜리 파닉스 책으로 공부하게 했다. 5권으로 된 외국 출판사 교재가 파닉스 책 중에서 제일 인기가 많은 것으로 알고 있지만 국내 출판사의 교재도 훌륭하다. 매일 조금씩 공부하여 한 권이 끝났을 때 바로 화상영어 수업을 듣게 했다. 이 방법이 괜찮았는지 읽는 것은 금방 터득할 수 있게 되었다. 벌써 4년째 화상으로 영어를 배우고 있는데 특히 코로나 시기에 화상 수업은 최고였다.

| 3주 만에 향상된 일본어 공부 방법

내가 오래전에 일본어를 배웠던 방법을 이야기하려고 한다. 어떤 공부를 하든지 시간을 얼마나 할애할 수 있는지에 따라 결과가 달라질 것이다. 한 분야의 전문가가 되려면 '1만 시간'이 필요하다고 한다. 1만 시간의 법칙이라는 말을 들어봤는가. 하루 3시간씩 10년, 또는 하루 10시간씩 3년이면 그 분야에 전문가가 될 수 있다는 말이다.

이런 각오로 이행할 수 있다면 당신도 전문가가 될 수 있을 것이다. 이것보다 조금 덜 하더라도 매일 꾸준히 할 수 있다면 전문가는 아니더라도 어느 정도 수준으로 해낼 수 있다. 나는 일본어 전문가는 아니지만 과거에 회사에 다닐 때는 일본 거래처와 함께 일했었다. 현재는 친구와 의사소통을 할 수 있다.

일본어를 습득할 수 있게 된 것은 내가 일본에 가서 배웠기 때문이라고 할 수 있다. '에이 뭐야, 가서 배우면 당연히 쉽겠지.'라고 생각할 수 있다.

맞다. 그렇지만 국내에서도 할 수 있는 방법이 있다.

내가 줌으로 참석하는 일본어 프리토킹 모임에는 일본에 가지 않고 일본어를 구사하는 친구가 있다.

227

그는 일본어를 전공한 것도 아니다. 평소 일본에 관심이 있어 학원에 다니면서 공부하고 애니메이션과 영화를 보면서 남보다 더 노력했기에 가능했던 것 같다. 사실 현지에 가지 않고 외국어 실력을 키우기란 너무 어렵다. 그러나 가능하다.

일본에 갔다 온 내가, 가서 일본어를 배운 이야기를 해보겠다. 가서 배웠기에 유리했던 부분은 감안하고 들어주길 바란다. 나는 학창 시절에 제2외국어로 일본어를 배웠고, 대학에서도 교양과목으로 일본어를 선택해서 배웠다. 대학생 때 히로시마에서 짧은 기간 '홈스테이'를 했던 경험도 있을 만큼 일본에 대한 관심이 많았다. 학원에서 고급 과정까지 배웠고 독학으로도 공부했다.

일본에 가서는 3주간 아침 9시부터 저녁 9시까지 점심시간을 제외하고 일본어로 진행된 트레이닝을 받았다. 고급 과정까지 배우고 갔지만 처음에는 70% 정도는 잘 들리지 않았던 것 같다.

하루 종일 일본어로 트레이닝을 받아야 했지만 다 알아듣지 못했고, 배우긴 해야 하니 연습장을 꺼내서 들리는 말을 다 적었다. 교사가 빨리 말하니 금방 지나가기에 급한 마음에 일본어를 한국어로 빠르게 적었다. 日本이 아닌 '니혼'과 같이 말이다. 문장을 적을 수 있으면 문장을 적고, 단어밖에 듣지 못했다면 단어를 적었다. 깨알같이 적은 것이 A4 용지 한 장 가득했다.

 숙소로 돌아오면 다음 날을 위해 일찍 자는 편이었는데 취침 준비를 마쳐놓고 그날 적은 노트를 꺼내 전자사전으로 뜻을 찾아보았다. 잘못 적은 것은 검색해도 나오지 않으니 그냥 넘어가고 나머지는 딱 한 번씩만 찾아보았다. 시간이 없어서 초집중해서 찾아보고 다음 날을 위해 잠들었다.

 그렇게 3주가 지나면서 나는 기적처럼 일본어에 익숙해졌고 어느 정도 의사소통이 되는 것 같다고 느끼게 되었다. 예를 들어, 누군가 나팔꽃에 대한 이야기를 했다고 하자. 나는 일본어로 그 단어가 뭘 의미하는지 모르기에 그게 뭐냐고 물었다. '여름에 피는 나팔 모양 보라색 꽃이야.' 하고 대답해 준다. 그러면 나는 나팔꽃인가? 하고 생각하며 어쨌든 꽃에 대한 이야기를 하고 있구나 하고 이해를 할 수 있게 되었다. 나중에 찾아보면 내 예상이 맞는 경우가 많았고 일상 회화는 이 정도 수준에서 큰 어려움이 없이 가능해졌음을 느꼈다.
고급 과정까지 배웠어도 현지에 왔을 때 잘 들리지 않고 대화가 잘되지 않았으며 생각보다 모르는 단어가 많았음을 깨달았다.

 그렇게 3주간 연습장에 쓰는 것을 계속했을 때 알게 된 것은 날이 갈수록 빼곡한 글씨가 '한 장 가득'에서 조금씩 줄어든다는 것이었다. 또 한 가지는 숙소에 돌아와 찾아보면서 '이거 어제도 찾았던 단어인데 기억이 안 나네.' 하는 것들이 생겨난다. 그다음 날, 그 단어의 뜻을 기억해 다시 적지 않는다면 내것이 된 것이다. 그 단어 뜻을 기억하지 못해 다시 A4용지에 적는다면 하루를 더 투자해 내것이 될 수 있다.

 '어디서 들어본 것 같은데...'라고 느껴지는 단어는 다시 보았을 때 훨씬 외우기가 쉬웠다. 그렇게 점점 연습장에 필기한 양이 줄어들었고 생각보다 반복되는 말들이 많았다. 3주가 지났을 때 자신감도 많이 생겼다. 이 정도 되어야 언어를 배워나갈 힘이 생기는 것이다. 3주간 일본어를 듣고 공부한 시간이 얼마나 될까 생각해 보았다. 대충 매일 12시간이라고 쳤을 때 약 200시간 좀 넘게 소요되었다. 한국에서 노력했던 시간보다 적은 시간이지만 초집중해서 공부했고 짧은 시간에 큰 성과를 거두었다. 물론 한국에서 배웠던 것들이 기초가 되어주었기에 가능한 일이었다. 이제 배울 준비가 된 것뿐이다.

그리고 그다음 해까지 일본어를 매일 쓰니 실력은 일취월 장했다. 그렇다면 이런 방법으로 어떤 외국어든 배울 수 있지 않을까? 문제는 얼마나 절실히 집중할 수 있는가이다. 그리고 얼마나 많은 시간을 투자할 수 있느냐다.

교재를 정해 내가 했던 방식대로 들으면서 따라 적어보고 뜻 찾기를 반복한다면 다른 외국어 실력도 좋아질 것이다. 하루 12시간을 외국어를 위해 집중해서 공부할 수 있는 의지와 시간을 가진 사람은 많지 않을 것이다. 그것이 가능하다면 외국어를 빠르게 배울 수 있겠지만 쉽지 않기에 매일 조금씩이라도 꾸준히 루틴으로 행하는 것이 좋다.

한국에서 배우는 것은 상대적으로 어렵다. 암기하는 것도 몇 배는 더 어렵다. 그러나 최대한 해놓는다면 외국에 가서 배울 때 훨씬 빠르게 배울 수 있다. 외국에 가지 않아도 매일 꾸준히 시간을 내서 공부한다면 레벨 업level up을 경험할 수 있을 것이다. 현재의 환경에서 3시간 이상 외국어 공부를 할 수 없다면 30분, 10분이라도 매일 꾸준히 하면 된다. 그렇게 한다면 어제보다 성장한 내가 될 수 있다. 전문가가 되는 길은 어렵지만, 어제보다 나은 내가 되는 것은 가능하다. 새롭게 구사하고 싶은 외국어가 있다면 오늘부터 10분씩이라도 공부해 보자.

나는 안드로이드 폰을 사용한다. 플레이 스토어에서 '말하는 번역기'라고 검색하면 제일 위에 나오는 무료 앱이 있다. 내가 영어로 말하면 한국말로 번역되고, 한국말로 말하면 영어로 번역되는데, 폰을 반으로 나눠 한쪽은 영어, 반대쪽은 한국어로 설정해서 언어 공부에 사용할 수 있다. 영어뿐만 아니라 다양한 언어가 있고 제법 쓸만하게 번역한다.

챗GPT를 이야기하는 시대지만, 이 앱은 간단하게 사용하기 좋다. 한국말로 우리 서울 살았을 때 기억나? 하고 말하면 영어로 Do you remember when we lived in Seoul? 이라고 반대편에 글로 나온다. 외국인과 직접 소통을 할 때 나는 폰의 한국어 쪽, 상대는 영어 쪽에서 말하면 통역처럼 대화가 가능한 앱이다.

버킷리스트에 외국에서 물건 사기, 외국 호텔에서 원하는 것 요청해보기를 넣어봐도 좋겠다. 아직 우리는 젊다. 외국어가 아니더라도 새로운 무언가를 배우는 것은 훌륭한 일이다. 그것이 무엇이든 당신을 응원한다.

자기효능감이라는 단어를 요즘 많이들 쓰는데, 자기효능감을 '내가 잘할 수 있을 것이라는 기대감'이라고 정의한 책도 있다.

우리는 잘할 수 있다고 믿고 의욕을 가지려 노력해야 한다. 그렇게 했을 때 내 안에서 활기가 생겨나기 때문이다. 활기차고 의욕이 있어야 진정으로 '살아있는 것'이다.

배움을 통해
젊음을 유지하자.

새로운 것을 배우겠다는 다짐을
오늘 해보자.

| 시련도 경력이다.

요즘 내가 배움만큼이나 중요하게 생각하는 것이 있다. 그것은 바로 '루틴'과 '습관'이다. 많은 사람들이 저녁에 늦게 자고 아침에 겨우 일어나 허둥대곤 한다.

아침이 정신없는 것은 편안하게 자지 못해서 피곤하거나 저녁에 늦게 갔기 때문일 것이다. 나의 30대를 돌아보면 생각이 너무 많아 불면증으로 잠을 못 이뤘고 자려고 누워도 새벽 3시 이후에 잠자리에 든 적이 많았다. 원래 나는 어려서부터 잠이 많은 편이고 머리만 대면 금방 잠들고, 깊게 잠드는 편이었다. 그러나 나의 '서른'에는 고민하는 밤이 많았고 그런 날들이 모여 늦게 자는 것이 습관이 되었다.

늦잠을 자서 깜짝 놀라 일어나 서둘러 아침을 차리거나 그마저도 불가능한 날도 종종 있었다. 하루가 늦게 시작되면서 의욕이 없는 날이 많아졌다. 그렇게 지친 하루를 마치던 그때를 돌아보면 지금도 마음이 아프다. 이제 나는 잠도 잘 자고 마음의 여유가 생겨 집안일도 더 열심히 하고 요리도 더 신경 쓴다. '이 또한 지나가리라.'라는 말처럼 대부분의 일들은 지나갔다.

이렇게 지나갈 줄 알았으면
그렇게 힘들어하지 않았을 텐데.

경험하기 전에는 절대로 알 수 없기에 늘 순간순간 주어지는 시련에 흔들리며 어쩔 수 없이 버텨 왔다. 그렇게 흔들리고 마음고생하는 가운데 견디는 힘이 생겼던 것일까.

세월 따라 단단해진 것일까.

시련도 경력 같다.

다양한 시련의 경험이 언젠가 내게 플러스가 될 것이라는 생각도 든다. 지나고 나니 할 수 있는 말이다. 시련의 한 가운데에서는 뭘 어떻게 해야 하는지 잘 모를 때가 더 많았다.

모든 어려운 순간들은
조금만 더 인내하면 결국은 지나간다.
숨이 턱까지 차오를 때,
거기서 부디 조금만 더 힘내보자.

| 해야 할 일을 잊지 않는 법

어린아이가 있는 집들은 아침에 아이가 옷 투정을 해서 혼내는 경우가 종종 있다. 그럴 때 선배 엄마들은 조언한다. 내일 입을 옷을 미리 정하게 하라고.

다음날 서두르지 않기 위해서는 부모가 지혜로워야 하는데 제대로 가르치지 못하고는 늦었다고 아이를 혼내기 쉽다. 아이가 옷을 골라두고 잠자리에 드는 습관을 들이도록 지도하는 것을 잊지 않아야 한다. 다음날 조급한 것은 늘 엄마의 몫이다.

아이뿐만 아니라 어른도 내일 입을 옷과 가져갈 물건을 미리 정해 둔다면 아침이 덜 바쁠 것이다. 자주 잊는다면 할일 목록표To do list나 한 달 체크표에 '옷 고르기'라고 메모하는 것도 좋다.

나는 잠들기 전에 꼭 내일 할 일을 생각해 보고 추가할 것이 있다면 할 일 목록표To do list에 적는다. 아침에 일어나서 다시 한번 오늘 할 일을 점검해보고 하나하나 실행해 나가기 때문에 잊거나 놓치는 일이 거의 없다.

자기관리를 잘하기 위해서는 꼭 할 일을 '체크'하는 것이 좋다.

나는 내일 세탁소에 맡겼던 옷을 찾아와야 하고 부모님께 연락을 드릴 예정이다. 그리고 서랍 한 칸과 창틀 한 곳을 청소할 생각이다. 또 아이와 한 시간 독서 시간을 갖고 고전 한 페이지를 읽고 필사를 할 것이다.

그럼, 할 일 목록표에

☑ 세탁소 옷 찾기
☑ 부모님께 연락
☑ 서랍 한 칸 및 창틀 한 곳 청소
☑ 아이와 한 시간 독서
☑ 고전 한쪽 필사

라고 쓰고 하나씩 실행해 나가면 된다. 매일 하는 고정된 루틴은 앞서 표로 소개했던 한 달 체크표에 체크를 해나가니 편리했다.

그 외에 특별한 할 일이 있다면 할 일 목록To do list에 적고 체크 한다. 이렇게 하면 좀 더 보람된 하루를 보낼 수 있고

'갓생살기'가 가능해진다. 오늘도 잘 이행했다는 것에 작은 만족감을 느끼며 살 수 있다. 의욕이 생길 수 있도록 작은 것이라도 해보자.

매일 화장실에 가면 불을 켜고
나올 때 불을 끄듯
생각 없이도 자동으로 행하는 것들은
생활에 익숙해진 '습관'이라고 하고
어떤 일을 정해놓은 순서대로 하도록
습관이 되게 꾸준히 신경 써서 노력하는 것을
'루틴'이라고 할 수 있다.
의식의 유무에 따라
습관과 루틴을 구별할 수 있다.

내일 해야 할 일을 적어보면서
좋은 습관이 될 루틴을 실행해 보자.

| 잠들기 전, 책상정리

내가 20대 때, 퇴근하기 전에 꼭 하는 일이 있었다. 책상 위를 정리하고 아무것도 올려져 있지 않은 상태로 퇴근하는 것이다. 그리고 다음 날 아침에는 꼭 책상을 닦고 업무를 시작했다. 나는 지금도 잠들기 전에 먼저 책상을 정돈한다. 그때그때 사용한 것들을 제자리에 돌려놓는 편인데 자기 전에 다시 한번 더 책상 위에 물건이 아무것도 없는지 확인하고 깨끗하게 비운다. 이후 깔끔한 상태에서 '할일 목록표'에 내일 할 일을 적는다.

그 외에 나는 하루를 돌아보며 나 자신을 칭찬할 일과 반성할 일에 대해 생각해 본다. 이 모든 것을 하고 나서, 사용한 것을 제자리에 두고 깔끔한 상태로 잠자리에 든다. 다음 날 아침 독서를 할 때, 정돈된 책상을 보면 기분이 상쾌하다. 모든 물건은 제자리가 있어야 하고 제자리에 두어야 한다.

내 책상 위에서 사용했던 물건의 제자리가 어디냐 하면 이동식 책꽂이 트롤리다. 책상이나 테이블 위에 물건이 쌓이면 치워야 하니 스트레스를 받는다. 쌓이기 전에 해결하는 것이 좋다. 선반이 V형으로 생긴 2단 북트레이를 사용하는데 바퀴가 달려있어서 이동이 편리하다. 2단이기에 자리 차지도 많이 하지 않아 만족스럽다.

┃기록과 자기관리

우리의 자녀인 학생들도 '기록'을 통해 자기관리를 하면 좋다. 할 일 목록표나 바인더(플래너)에 할 일을 적고 매일 실행하는 것이다. 당일에 못 했으면 다음날 계속해서 할 수 있다. 학생들의 할 일은 숙제나 공부, 독서, 취미활동, 생활습관 등일 것이다.

학생들도 시간을 관리하고 반성을 통해 개선을 해나갈 수 있다. 바인더(플래너)를 사용한다면 자기관리와 자기주도학습이 가능할 것이다.

주부인 우리는 학생들처럼 공부를 많이 하지 않을 수도 있지만 우리도 바인더를 작성함으로써 스스로 자신의 인생을 점검하고 더 나은 삶으로 이끌 수 있다.

자녀와 함께 해봐도 좋을 것이다. 성공하는 사람들이 이런 방법을 사용했다고 하니 우리도 바인더를 쓰는 것을 매일매일 습관으로 만들어 성공적인 인생을 사는 발판으로 삼으면 좋겠다.

헨리 포드는 말했다.

우리가 항상 하던 대로만 한다면 우리는 기존에 얻었던 것만을 얻을 것이라고. 달라질 결심을 오늘 해보자.

| 작지만 큰 성취감, 이불정리

 성공하는 사람들은 대부분 아침에 일어나서 하는 것이 비슷하다. 그중 하나가 '이불 정리'라는 것은 이미 여러분도 몇 번씩 들어봤을 것이다. 자고 난 이불을 감사히 정리하며 하루를 시작하고, 열심히 하루를 보낸 후 집에 돌아와 잠자리에 들 때 정돈된 침구를 보는 것은 기분 좋은 일이다.

 자려고 방에 들어왔는데 침구는 침대에 반 걸쳐져 있고 반은 땅바닥에 떨어져 있는 것을 상상해보라. 아침에 벗어놓은 잠옷을 바닥에서 집어 올려 다시 입고 잠자리에 드는 모습을 상상해본다면 생각만으로도 피곤하다. 가족 중에 이불 정리를 하지 않는 사람이 있다면 스스로 할 수 있을 때까지 도와주는 것이 좋을 것이다. 이불도 스스로 정리 못하고 엄마가, 아내가 해준다면 그의 하루는 안 봐도 뻔하다. 언젠가는 스스로 할 수 있도록 지도하고 도와주자.
 이제는 가족 모두 스스로 이불을 정리하고 성공의 첫걸음을 내딛어보자. 정돈된 곳에서 좋은 생각이 떠오르고 편안함도 따라오는 것이다.

 내 주변에 유독 자녀들을 잘 키운 분이 있다. 그 가정은 부모와 성인 자녀 넷이 있는데 가족 모두 엄마를 존중하고 인정하며 사랑한다. 엄마는 쓰레기를 밖으로 배출한 적이 거의 없을 정도로, 아빠가 지저분한 것은 전부 처리하는 편인데 부재 시엔 아들들이 당연한 듯 그 일을 한다.

자녀들이 모범적으로 잘 자란 것 같아 어떻게 키웠는지 물어보았다. 들어보니, 자녀가 어렸을 때부터 온 가족이 일찍 일어나 아침에 함께 성경을 읽고 시기별로 필요한 공부를 '아침에도' 했다는 것이다.

늦잠을 자서 아침도 못 먹고 급하게 학교 가는 아이들도 많은데, 아침 시간이 여유롭고 매일 1시간 정도를 보람되게 보낸 후 학교에 가니 의욕도 생기고 좋은 아침을 맞았을 것이다. 자녀에게 지도했던 것 중 하나가 바로 '이불 정리'라고 했고 정말 중요한 듯 강조했다. 자녀 넷이 있으면 이런 아이, 저런 아이 다 있다고 하면서 겸손하게 대답했다. 각 자녀의 능력 차이는 있을지 모르지만 모두가 생활 습관을 잘 유지하고 있는 것 같다.

이불 정리는 온 가족이 당연하게 하는 좋은 습관이라고 했다. 가족의 아침 시간을 알차게 보내보자.

| 레터링 스티커의 힘

 살다 보면 누구나 지치고 힘든 날이 있다. 언젠가 남편이 축 처진 어깨로 집에 돌아왔다. 위로해주는 것 외에는 내가 해줄 수 있는 일이 없었다. 곰곰이 생각하다가 온라인에서 레터링 스티커를 주문했고 남편이 자주 이용하는 곳곳에 붙였다.

피아노 위에는
수고했어,
오늘도.

소파 위에는
그래,
잠시 쉬어가도
괜찮아.

방에는
당신이 있어
빛나는 오늘

남편이 피아노를 칠 때, 소파에 앉았을 때, 그리고 방에서... 그 문구를 보고 나의 위로를 느낄 수 있기를 바라는 마음이었다. 늘 입으로 말하지 않아도, 내가 없어도 나의 사랑을 느끼고 위안받기를 바라서였다. 남편뿐만 아니라 아이도 위로받기를 바란다. 그리고 나도.

우리는 모두 따뜻한 말로 위로받아야 한다.
화장실 거울에도 하나 붙였다.

오늘도
많이 예쁘네.

나 자신을 사랑하고자 하는 사람들에게 딱 맞는 사랑스러운 레터링 스티커다. 이것들을 사기 훨씬 전, 우리가 막 이사 왔을 때 샀던 것이 하나 더 있다. 성경의 여호수아 1장 9절 내용의 스티커다. '강하고 담대하라.' 라는 말로 시작하는 구절인데 살며 용기가 필요할 때 힘이 된다.

너무 가까운 곳에 많이 붙이면 지저분해 보일 수 있으니 떨어진 장소에 하나씩 붙이고 글자 색도 검정, 회색, 흰색 다양하게 붙여 단조로움을 피하고자 했다. 레터링 스티커도 위로받기에 괜찮은 방법이라고 생각되어 추천한다.

| 내게 편리한 물건

나는 구글 타이머라고도 불리는 '뽀모도로 타이머'를 사용하는데 아침에 계란을 삶을 때도 쓰고 글을 쓸 때도 시간을 맞춰두고 하기 좋다. 시간관리를 하는 사람들에게 정말 유용한 물건이다. 휴대폰 타이머보다 더 편하고 직관적이어서 이건 정말 잘 샀다고 생각하고 있다.

또 '스마트 체성분 체중계'도 잘 사용하고 있다. '인바디 체중계'라고 불리기도 하는 이 체중계를 사용하면 건강에 대해 조금 더 생각할 수 있다. 저체중, 과체중, 내장지방, 근육량, 골격근량, 골질량, 복부지방율, 체지방량, 신체나이 등 다양한 정보가 나온다. 병원만큼 정확하지 않을 수 있지만 건강에 관심을 갖는 데에 이 정도면 훌륭하다고 생각한다.

또 하나, 각도와 높이가 조절되는 '투명 아크릴 독서대'를 소개한다. 나는 처음 샀을 때 각도와 높이를 조절해두고 늘 같은 장소에서 그대로 사용하는데, 인테리어 효과도 있고 높이도 잘 맞아서 매일 만족하며 사용한다.

실리콘 빗자루도 정말 잘 사용하고 있다. 청소기를 사용하기 어려울 때 조용하게 사용하기 좋고 씻어서 말려 언제나 위생적으로 깨끗하게 사용할 수 있다.

　마지막으로 소개할 것은 안락의자다. 포근하고 편안하게 잘 쓰고 있다. 이것들은 절대로 비울 수 없는 내 최애 물건이다. 나는 이 물건들을 자주 사용하고 편안함과 편리함을 느낀다.

| 미션 인증

　만일 내가 '5분 청소'나 '1일 1비우기'를 실천하기로 다짐했다고 하자. 혼자 하면 자꾸 미루게 되고 결국 작심삼일이 되기 쉽다. 이럴 때 가장 친한 사람과 같이 실행하고 인증 사진을 올린다면 성공할 확률이 높아진다. 냉장고 청소 사진을 찍어 올린다면 상대방도 자극을 받아 청소를 해보겠다는 의욕이 생기고, 상대가 서랍을 정리한 것을 보고 나도 자극을 받아 함께 깨끗하게 집을 관리할 수 있게 되는 것이다.
　같이 할 사람이 없다면, 앱을 이용해 스스로 체크할 수도 있다. 아니면 네이버 밴드에 미션 인증을 할 수도 있겠다. 그곳에 열정적으로 매일매일 인증을 올리는 실행력 좋은 사람들이 있으니 함께 해보는 것도 좋을 것이다. 혼자 하는 것보다 함께하면 훨씬 결과가 좋다. 밴드에서 내가 관심 있게 보았던 것은 다음과 같다.

매일 10분 이상 청소, 쾌적한 집 만들기/
감사로 시작하는 365/ 매일 한 개씩 버리기/
자신과의 약속/ 1일 1선행/ 매일 공부하기

　이 외에 다이어트 등 우리가 원하는 거의 모든 것이 이곳에 있다.

| 롤 모델

 내가 살고자 하는 모습을 떠올려 보라. 롤 모델이 있는가? 내 여동생은 영국 몇백 대 부자라고도 하고, 강연자이자 유튜버이기도 한 '캘리 최'님을 롤모델로 삼고 있다.

 나는 강의하는 사람 중에 김미경 대표도 좋다. 특유의 시원시원함과 인간적인 모습, 솔직함이 참 마음에 든다. 늘 배우는 자세로 도전하는 모습이 진짜 멋있다. 두 여성 모두 정말 멋지다고 생각한다.

 이외에도 나는 종교인들을 존경하고 있다. 법정 스님, 이태석 신부님 등이다. 그리고 앞서 언급했던, 철학자인 김형석 연세대 명예교수님도 좋아한다. 그의 책에서 '겸손함'과 '건강하게 사는 법'을 배우고 있다. 나는 선하게 살면서 건강하고 행복하게 사는 것을 원한다. 그분의 긍정적인 성격과 겸손하고 부드러운 성품을 닮고 싶다.

 '백년을 살아보니', '인생문답' 등의 그의 저서를 읽고 그가 어떻게 100세가 넘도록 강연을 하며 건강을 유지하는지를 살펴볼 수 있었다.

롤모델로 정할 정도의 사람들은 각 분야의 전문가거나 세상 사람들에게 인정받을만한 일을 한 사람들일 것이다. 이 훌륭한 사람들이 존경받고 사랑받는 이유가 분명히 있다. '얼마만큼 자기관리를 하고 자기 수양을 했는가', '삶을 얼마나 바르고 선하게 살았는가', '얼마나 성실히 살았는가.' 등 그들의 성공은 평상시 루틴과 관련이 있다. 그들의 하루는 평범한 사람들의 하루보다 더 알차고 보람될 것이다.

독서를 통해 배우고 건강을 위해 운동하고, 긍정적이고 진취적으로 사는 사람과 그렇지 않은 사람들의 차이는 시간이 갈수록 확연해질 것이다.

성공한 사람들 중에는 정도를 지킬 줄 아는 사람이 많다. 취침과 기상 같은 기본적인 것에서부터 '절제'가 필요하다. 음주, 도박, 휴대폰 등 중독되기 쉬운 것을 절제하고, 좋지 않은 사람들을 끊어낼 용기도 필요하다.

내 주변을 더 나은 에너지로 채우고 하루를 보람되게 사는 것이 나를 사랑하는 법이다. 진정으로 존경과 사랑을 받는 이들은, 남에게 사랑받기에 앞서 스스로 자신을 무척이나 아끼고 사랑한다. 돈과 시간, 물자를 아끼는 것도 정말 중요한 것이지만 가장 중요한 것은 자기 스스로를 아끼는 것이다.

| 건전한 취미

 건전한 취미활동을 꾸준히 하는 것은 정신 건강에 도움이
된다. 나는 노래를 따라 부른다거나 좋은 음악을 듣거나 영화
를 보는 것을 좋아한다. 영상을 찍어 편집하는 것도 종종 한
다. 글로 기록하는 것만큼 영상 기록도 가치 있고 재미있다.
 독서는 돈이 많이 들지 않으면서 만족도가 높은 고급 취미
이다. 나는 조용한 성격이기에 이런 취미를 갖고 살아가는
것에 만족한다.

 또 나는 일본어 프리토킹 모임에도 정기적으로 참석한다.
일본어를 할 줄 아는 여성들이 금요일 저녁에 모여 이야기
를 나누고 일본 정보를 공유하는 모임이다. 비슷한 성향의
사람들이 모여 좋은 관계를 이어오고 있다. 일본어를 할 줄
알고 삶을 정성껏, 최선을 다해 살고자 하는 사람들과의 교
류를 통해 나는 에너지를 받는다. 멀리 있어도 요즘엔 온라
인으로 접속해 모임이 가능하니 참 좋은 세상이다.

| 내가 책 사는 법

나는 독서 모임에서 추천받은 책, 지인이 읽어보고 강력히 추천해주는 책, 도서관에서 빌려보고 소장하고 싶은 책을 주로 산다. 추천 도서를 바로 사지 않고 도서관에 있다면 먼저 빌려서 보고 구매 여부를 판단하는 편이다. 도서관에는 좋은 책이 무척 많다.

추천 도서라고 다 마음에 쏙 드는 것은 아니다. 홍보가 잘 된 스펙 좋은 유명인의 저서도 내게 울림이 없을 수 있고 생각보다 실망스러울 수도 있다. 최근에 나는 필력이 좀 부족해 보여도 스토리가 있고 울림이 있는 책을 발견했다. 오히려 나는 사회 저명인사가 아닌 평범한 사람이 노력해서 어느 정도의 위치에 오르는 스토리에 더 감명을 받기도 한다.

과거엔 내세울 스펙도 없었고 상상 이상으로 가난했던 사람이 엄청난 노력을 해서 그 상황과 환경을 극복한 이야기를 책에 담은, 보통 사람의 성공 스토리는 독자로 하여금 용기를 주고 희망을 품게 해주기 때문이다.

직접 읽어보면 내게 맞는 책을 발견할 수 있으니 서점이나 도서관에 방문해서 읽어보고 사는 것을 추천한다. 내가 사는 지역이 그렇듯 요즘은 상호대차 서비스가 있어 시내 타 도서관의 책도 집주변 도서관에서 쉽게 빌려 읽을 수 있다. 도서관 사이트에 가입한 후 신청할 수 있다.

읽고 싶은 책이 상호대차 서비스로도 해결이 안 된다면 희망 도서 신청을 해보자. 신청한 사람이 가장 먼저 읽을 수 있고, 이후 다른 사람들도 덕분에 그 책과 만날 기회를 얻을 수 있다.

집에 책이 너무 많으면 공간이 사라진다. 진정으로 소장 가치가 있는 책을 선별해 오래 두고 보면 좋다. 선별을 해도 독서가 취미인 사람들은 책이 계속 늘어날 수밖에 없다. 재독은 반가운 친구를 다시 만나는 것과 같다. 좋았던 책은 필요할 때마다 다시 읽어도 또 좋으니 소장하는 편이다. 언제부턴가 나는 책을 신중히 구매하고 있다.

| 매월 1일, 새로운 다짐하기

매월 1일은 새로운 달이 시작된다.
매월 1일에는 새로운 결심을 해보자.
새로운 것은
우리의 의지를 다지는 데 도움이 된다.

매월 1일에는
의욕을 가지고 새로운 계획을 세워보자.
탁상 달력의 모든 달마다
'새로운 계획 세우기'라고 적어두어도 좋을 것이다.

여행이 됐든,
운동이 됐든,
배움이 됐든,
친구 만나기가 됐든

새로운 계획을 세우는 것은 언제든지 옳다.

| 휴대폰 사용 시간 관리

이 책에서 휴대폰에 대한 이야기를 반복적으로 하는데, 그만큼 나는 휴대폰 중독을 심각하게 생각하고 있다.

내가 아이를 처음 낳았을 때는 일부의 사람들만 스마트폰을 사용했을 뿐 모두에게 보급되기 전이었다. 그래서 나는 휴대폰 대신 컴퓨터로 쇼핑을 하고 정보를 얻었다. 그러나 아이가 기저귀를 떼기 전에 스마트폰은 보급되기 시작했다. 지금은 문서를 작성하거나 글을 쓸 때 주로 컴퓨터를 이용할 뿐, 대부분 스마트폰으로 정보를 검색하고 쇼핑도 한다. TV나 영상 시청도 휴대폰으로 간단하게 즐길 수 있다 보니 휴대폰 사용 시간은 예전에 비해 훨씬 늘었다.

요즘은 지하철이나 버스에서도 대부분의 사람들이 휴대폰을 보고 있다. 여기서 여러분께 묻고 싶다. 공부하는 학생인 내 아이의 휴대폰 사용 시간을 관리하는가? 그렇다면 나의 휴대폰 사용 시간은 어떠한가.

나는 휴대폰을 계속하면서 아이는 못 하게 한다면 납득할 수 없는 일이 될 것이다. 자신은 담배를 피우면서 자녀에게 담배를 피우지 말라고 한다면 자녀가 '네'하고 말을 듣겠는가.

나와 내 가족을 위해 휴대폰 사용 시간을 컨트롤해 보자. 휴대폰을 통해 정보를 습득하는 대신 가까운 도서관이나 서점에서 '책'을 통해 필요한 정보를 얻는 것은 어떤가. 어른이 먼저 쉽고 간편한 것 대신 조금 불편한 방법을 택해 본다면 휴대폰을 과하게 사용하는 아이들을 못마땅해하기에 앞서 절제의 어려움을 공감할 수 있을 것이다.

어른도 절제가 필요하고 아이들에게 먼저 모범이 되어야 한다. 나는 휴대폰을 장시간 사용하지 않으려 노력했다. 지금은 휴대폰을 사용할 시간을 정해 두거나, 빨래를 갠다거나 설거지를 하는 등의 단순한 일을 하면서 유튜브나 오디오북을 라디오처럼 켜두고 듣곤 한다. 이제 나는 관리 없이 장시간 사용하는 일은 없다.

오히려 일부러 시간을 내어 하루에 한 번 웃을 수 있는 웃긴 영상 하나를 짧게 시청하거나 즐거움을 위해 노래 한 곡을 따라부르곤 한다. '웃긴 영상 보기', '노래 따라 부르기'를 한 달 체크표에 적어놓고 매일 행하려고 한다.

| 자기 계발을 위해 요즘 뭐 해요?

나는 나의 발전을 위해 무엇을 해야 하는지 잘 몰랐다. 그 답을 찾아야 했기에 틈이 나면 독서를 했던 것이다. 독서를 통해 우리가 주변에서 쉽게 만나기 어려운 그 분야의 전문가를 만날 수 있고, 내 삶과 행복, 건강, 공부, 지식, 교양 등에 도움이 되는 정보를 조금씩 쌓을 수 있어 좋았다. 어쨌든 독서 자체로도 나는 발전하고 있음을 느끼게 되었다.

책의 저자들은 무척 바쁘고 쉽게 만날 수 있는 사람들이 아닌데, 친절하게도 책을 통해 많은 것을 내게 알려주니 감사하지 않을 수 없다.

청소가 잘되지 않을 때는 '청소력' 등의 청소 관련 책을 읽고, 아이의 공부가 고민이라면 '스스로 공부 잘하는 법'과 같은 책을 읽으면 도움이 됐다. 독서는 나에게 언제, 무엇을, 어떻게, 왜 해야 하는지를 생각하게 해준다.

셰익스피어 4대 비극이나 톨스토이 단편집 같은 고전을 읽는 것도 인생의 해답을 줄 수 있다. 때로는 아름다운 시나 종교인의 서적, 심리학과 관련된 책을 읽는 것도 좋았다.

자격증 공부, 재테크를 위한 공부, 취업이나 이직을 위한 공부 등을 플래너(바인더)에 적어 매일 꾸준히 이행해 보자. 세상 어떤 사람과의 약속보다 나 자신과의 약속을 잘 지키는 것이 중요하다. 어쩔 수 없는 이유가 아니라면 정한 일시에 꼭 실천하도록 해보자. 가랑비에 옷이 젖는다는 말이 있듯 아무리 사소한 것이라도 반복적으로 노력한다면 조금씩 스며들어 좋은 결과를 얻게 될 것이다.

어떤 것이든 노트, 메모, 리스트 등의 기록으로 남긴다면 훗날 의미 있는 결과를 보게 될 것이다. 나는 자기 계발을 위해 가장 먼저 해야 할 일은 '자기관리'라고 생각한다. 즉, '생활 습관 관리'나 '시간 관리'를 첫 번째로 꼽는다. 이 두 가지가 잘 되는 사람을 나는 신뢰하는 편이다.

기본이 되어있어야 다음 단계를 생각할 수 있고 자기관리가 되어야 더 큰 일도 할 수 있다고 믿는다. 시간 가계부(바인더. 플래너)를 쓰거나 할 일 목록To do list을 작성하는 것, 한 달 체크표를 매일 실행하는 것은 자기관리를 함에 있어 큰 도움이 된다.

시간가계부는 사업을 하거나 바쁜 직장인들에게 유용하다. 그러나 독서모임의 주부들과 함께 해보니 늘 그날이 그날이라 쓸 것이 없다는 말을 들었다. 그래서 나는 처음에는 바인더를 쓰는 것 대신 한 달 체크리스트와 할 일 목록을 사용해 부담 없이 시간을 관리하는 것을 추천하고 있다. 그러다 바빠져 좀 더 촘촘히 시간을 관리해야 한다면 시간마다 무엇을 했는지 기록하는 '시간가계부'를 쓰면 된다. 바인더에 시간가계부를 쓰고자 한다면 강규형님의 저서 '바인더의 힘'을 읽어보길 추천한다. 사진과 함께 세세히 잘 설명되어있어 강의를 듣지 않더라도 쓰는 법을 배울 수 있다.

어떤 방법이든 하고 싶은 것, 할 수 있겠다 싶은 것을 먼저 하면 된다. 할 일 목록표와 한 달 체크표, 청소리스트, 아이 체크리스트, 그 밖에 모든 리스트와 기록을 통해 관리한다면 더 명확한 하루를 보낼 수 있다. 아이들도 그렇지만 어른도 생활 습관을 바로잡는 일이 우선이다.

다시 한번 강조하고 싶은 것이 있다. 평소보다 조금만 일찍 잠자리에 들고 조금만 일찍 일어나보자. 그 시간에 명상을 하거나 기도를 하는 것은 어떤가. 독서를 하는 것은? 그 아침에 내가 하고 싶은 일이 무엇인지를 곰곰이 생각해 보고 정해보자. 부모인 내가 먼저 노력한다면 자녀들에게도 본이 될 것이다. 나는 노력하지 않으면서 자녀에게 잘되라고 훈육하는 것은 설득력이 없다.

자녀에게 모범이 된다면 자녀와 나의 미래는 더욱 긍정적일 것이다. 소개한 것을 포함해 여러 가지 방법 중 생활 습관 관리와 시간 관리를 위한 최고의 방법을 찾아 실천해 보자.

| 종교를 가진다는 것은?

나는 일요일마다 교회에 참석하기 때문에 내가 누군지에 대한 답을 종교적으로 접근하곤 한다. 나는 하나님을 믿기에 어려움이 생길 때마다 기도하고 신뢰하며 긍정적인 미래를 바라며 걸어가곤 한다. 내가 생각하는 종교의 메리트는 이런 것이다.

종교적 신념으로 설명하지 않더라도 긍정적인 사고를 하는 데 도움이 되기에 종교를 가진다는 것은 내게 좋은 일이다.

언젠가 봤던 신문 기사가 생각난다. 20여 년 전에 원광대 김 종인 교수가 「직업별 평균 수명에 대한 조사연구 논문」에서 밝힌 내용이다. 최근 방송에서도 본 기억이 있을 정도로 지금 까지도 언급되기에 소개해 본다. '종교인'은 과거부터 지금 에 이르기까지 타 직업군에 비해 장수하는 반면 스트레스를 많이 받고 과로하는 직장인들은 수명이 짧다고 했다. 스트레 스가 만병의 근원이라는 말이 맞는 것 같다. 그렇다면 장수 한다는 종교인은 스트레스가 없을까? 누구나 스트레스를 가 지고 있지만 종교적인 믿음은 스트레스를 줄여줄 수 있는 것 같다. 나는 직업 종교인은 아니지만 종교를 가진다는 것이 사람에게 얼마나 도움이 되는지 안다. 진정한 종교인은 규칙적으로 생활하고 올바른 가치관을 가진다. 또한 긍정적으로 나아가며 하고자 하는 일을 실천해나가면서 스트레스를 관리할 수 있어서 장수할 수 있는 것 같다. 업무와 스트레스가 과한 사람들은 상대적으로 과로나 과한 스트레스가 관리되지 않아 단명하는 것이다.

종교를 가진다는 것은 장점이 많다. 스트레스 관리뿐만 아니라 종교는 인생을 어떻게 살아야 할지 생각할 기회를 주고 스스로 방향을 찾게 도와준다. 거기에 기부와 봉사로 남을 돕고 사회에 공헌할 수 있기에 오히려 자신이 더 많은 기쁨을 느끼게 되고 마음의 평안을 얻는데 도움이 된다.

기독교를 원 워드one word로 정리하면 '사랑'이다. 예수님의 가르침을 배우고 그의 모범을 따라 실천하며 더 나은 내가 되기 위해 노력하기에 직업 종교인이 아니더라도 종교가 있다는 것이 건강에 도움이 된다.

일요일에 예배를 드리면서 나는 나의 지난 한 주를 돌아보고 회개할 것이 있으면 회개하고 반성하며 다시 똑같은 잘못이나 실수를 반복하지 않겠다고 다짐하곤 한다. 그리고 새로 시작하는 한 주를 더 잘 보내기로 마음먹는다. 매주 교회에 가면 자연스럽게 물든 습관처럼 회개와 반성, 다짐을 한다. 이것이 주 1회 그 장소에서 하는 좋은 루틴이 되었고 20년도 넘게 내 삶에 도움이 되고 있다. 직업 종교인들은 더 큰 사랑과 이타심을 가지고 사회에 모범이 되도록 노력해야 한다고 생각한다. 종교인들은 남보다 모범적으로 더 열심히 살고 선하게 살아야지 성인의 가르침이 빛을 보는 것이다. 그런데 뉴스에 나와 비난을 받을 정도의 사회적 물의를 일으키는 종교인을 보면 무척이나 실망스러운 마음이 든다. 어느 종교든 사회에 큰 영향력이 있는 '종교인'이라는 직업을 가진 사람들은 타의 모범이 되고 더 깨끗해야 할 의무가 있다고 생각한다. 나는 종교의 유무와 별개로 누구라도 악하게 산다면 사후에 잘 될 리가 없다고 생각한다. 잘 살아야 한다. 그래서 회개와 반성, 다짐은 누구에게나 필요하다고 생각한다. 종교가 없더라도 이런 시간을 따로 정해 조용히 묵상할 수 있다면 좋을 것이다.

나는 성당에 다니지는 않지만 김수환 추기경과 이태석 신부, 마더 테레사의 책을 읽으며 천주교의 이 성스러운 분들을 존경하게 되었다. 누구도 이만큼 자신을 내려놓으며 인류애를 가지고 선을 행하며 살기 쉽지 않다.

또한 나는 법정 스님의 책을 여러 권 소장하고 있다. 그중에서 나는 「일기일회」라는 책을 가장 좋아한다. 가끔 욕심을 내려놓고 깨끗해지고자 할 때 집어 드는 책이다. 그러나 어떻게 해도 스님만큼 욕심을 내려놓을 수는 없다. 항상 감사한 마음으로 나누며 살다 가신 법정 스님을 나는 존경한다. 나도 고마움을 세상에 나누는 사람이 되고 싶다. 내가 그의 책을 가지고 있다는 것이 정말 큰 축복이고 감사한 일이다. 이생에서 그분을 다시 볼 수 없지만 책을 통해서 스님을 얼마든지 만날 수 있다.

'일기일회'는 한자 그대로 한 번의 때에 딱 한 번 만난다는 뜻이다. 그렇기에 만남이나 기회를 소중히 하라는 말이다. 우리가 만난 사람은 평생에 걸쳐 단 한 번 만나는 것이고 시간도 만남도 단 한 번의 기회밖에 없다는 뜻으로 이해했다. 그러니 지금 이 순간에 함께하는 사람, 이 순간에 맞은 기회를 소중히 해야 한다는 것이다. 사람이든 기회든 있을 때 잘해야 한다.

얼마 전 충북 제천의 청풍문화재단지를 방문할 기회가 있었는데 그곳에서 본 글귀 하나를 소개하고 싶다. 「입보리행론」에 나온 글귀라고 하고, 기억을 더듬어보면 내용은 대략 이렇다. 수천 번, 다시 태어나며 생을 반복해도 지금 사랑하는 사람과 다시 만날 확률이 적다는 것이다.

그렇기 때문에 후회 없게 사랑하라고 했다.

입보리행론이라는 것을 처음 들어봤을 정도로 나는 불교 용어에 약하다. 어쨌든 이 글을 보며 일기일회와 비슷하다고 느꼈다. 단 한 번의 기회를 소중하게 하고 다시 못 만날 사람이라 생각하며 후회 없이 사랑하는 것도 괜찮을 것 같다. 내 생각에는, 내가 잘 살면 사후에도 사랑하는 사람들을 또 만날 수 있을 것 같지만 어쨌든 좋은 인연을, 다시 없을 기회처럼 소중히 하는 것은 아주 괜찮은 태도라고 생각한다.

다시 법정 스님의 책 이야기로 돌아가겠다. 스님의 책에서 관심 있게 읽은 부분은 '윤회'에 대한 것이다. 윤회의 사전적 의미는 '불교에서 사람과 짐승이 세상에 태어나 죽었다가 다시 살아나기를 되풀이 하는 일'이다. [국립국어원]
학창 시절에 배웠듯 불교에서는, 다시 태어나기를 반복한다고 믿는데, 중요한 것은 자신이 살며 지은 '업'에 따라 영향을 받는다는 것이다.

현생을 살며 좋지 않은 업을 쌓으면 다음 생에서 그것이 끝나지 않고 그대로 이어진다고 했다. 스님은 힘겨운 사람들이 스스로 목숨을 끊는 일에 대해 안타까워하셨다.
OECD 통계에 따르면, 한국은 여전히 세계경제 협력개발기구 OECD 국가 중 자살률 1위다. 자살률이 OECD 국가 평균의 두 배보다 조금 더 높다. 우리나라가 참 살기 힘든 나라인 걸까?

지인이 20년 전에 미국으로 이민을 갔는데 좋은 점이 무엇이냐고 물으니 스트레스가 적어졌다고 했다. 내가 대한민국에서 살며 실제로 느끼는 것은, 어린아이부터 노인에 이르기까지 모두 스트레스와 압박을 어느 정도 가지고 산다는 것이다.

힘겨움을 이기지 못하고 안타까운 선택을 하는 사람들이 너무 많다. 나는 스스로 하늘의 별이 된 모든 생명이 안타깝고 아깝다. 모든 생명은 존엄하다. 특히 너무나 젊고 충분히 빛나는 사람들이 수많은 날 동안 눈물을 흘리고 힘겨워하다가 스스로 자신의 빛을 꺼버렸다고 생각하면 연장자로서 마음이 너무 무겁다. 그들이 모두 좋은 곳에서 편안히 쉴 수 있기를 바란다. 그리고 이 문제에 대해 정부에서 노력하는 만큼 우리나라가 조금 더 살기 좋아져서 이런 1위는 앞으로 하지 않으면 좋겠다.

우리가 지금 눈으로 본 것, 귀로 들은 것, 입으로 말한 것, 이 모든 것이 지금 생의 업이 되어 다음 생으로 이어진다고 하니 좋은 것을 보고, 듣고, 느끼고, 말하며 살아가야겠다. 많은 부분에서 용어의 차이가 있지만 타 종교와 비슷한 것도 많고, 가르침도 굉장히 공감되는 것이 많다. 스님의 책을 읽으면 용기가 생긴다.

삶에서 몇 번씩,
누구나 겪는 절망도
언젠가는 '지나가는 것'이니
최선을 다해 극복하고,
내가 지금
이 순간도 살아있음에
감사함을 가지기로 했다.

 나는 사람들이 견디기 힘든 일을 만나게 되더라도 씩씩하고 굳건하게 이겨내길 바란다. 모든 괴로움은 언젠가는 지나갈 것이다. 조금만 더 강해지자.

 고통을 이겨내고 행복해지기 위해서 매사 '감사함'을 느끼며 살자. 당연한 것은 없다. 숨 쉬는 것도, 걷는 것도, 눈으로 보는 것도, 귀로 듣는 것도 모두 당연한 것이 아닌 감사한 것이다. 감사한 마음을 가지고 조금 더 행복을 느끼며 살자. 내가 조금밖에 해내지 못했더라도 그만큼이라도 해낸 것을 스스로 칭찬하고, 무너지지 않도록 스스로를 지켜내길 바란다.
힘겨운 이들의 고통이 하루 빨리 지나가기를...
힘을 내서 무기력함을 이겨내고
갓생살기로 삶의 활력을 찾자. 노력해 보자.

끝

| 퇴고하며

내 생애 300쪽 가까운 글을 써본 적이 없었다. 마흔을 살며 지난 내 인생을 한 번 정리해보는 의미도 있고, 또 나의 미래를 긍정적으로 만들기 위한 노력의 첫 단추를 끼운 것이라고 할 수도 있다. 목차를 정하고 주제에 맞는 글을 쓰는 것은 한 달밖에 걸리지 않았으나 퇴고에 5개월이 걸렸다.

글쓰기의 모든 것이 다 처음이었다. 글을 쓰는 것에서 출간까지 전부 스스로 알아보고 진행했기에 생각보다 많은 시간이 소요되었다. 게다가 처음 쓴 원고는 일곱 번의 퇴고를 거쳐서 비로소 세상에 나올 수 있게 되었다.
내 삶에서 제법 흥미로운 스토리를 꺼내 글로 표현했지만 엮인 사람들이 마음 쓰여 퇴고 과정에서 많이 삭제했기에 아쉽기도 하다. 목차는 계속 수정되었고, 그것에 맞춰 앞에 있던 내용이 뒤로 옮겨지는 등 글은 이리저리 옮겨 다녔다. 첫 책을 우여곡절 끝에 세상에 내놓으며 지난 6개월의 시간이 주마등처럼 지나간다. 열정과 희망을 가지고 보냈던 나의 지난 반년의 결과물이 부족함을 가지고 있더라도 나는 도전했고 이뤘기에 만족한다.

소중한 나의 첫 책을 출간할 수 있음에 감사한다.
(여러분도 무언가에 새롭게 도전해보세요! 완벽하지 않아도 괜찮잖아요.)

| 부록

다른 사람이 해냈다면, 나도 할 수 있다고 믿자.
부정적인 생각을 버리자.

Erica Han

| 부록 : 엄마의 편지

 부록이지만 책의 마지막 글을 선택한다면, 누구나 아주 신중하게 정할 것이다. 마지막 키워드를 나는 '**부모**'로 선택했다. 어쩌면 지극히 개인적인 주제이기에 여기서 읽기를 마쳐도 좋다.

 집을 떠나 산 시간이 있어 부모님과 함께했던 시간은 20년 조금 넘지만 부모와 자식의 인연으로 산 것은 40년이 넘었다.

 지금껏 살며 부모님의 편지를 받아본 적이 있는가?

 혹시 부모님의 편지가 남아있지 않거나 받아본 일이 없다면 이 글을 통해 부모님의 마음을 함께 느껴봐도 좋겠다. 언제나 가정의 달처럼 부모님을 생각하고 사랑을 표현할 수 있으면 좋겠다. 부모님이 살아계신다면, 대부분의 우리 부모님은 누군가의 할머니, 할아버지일 것이다. 살아온 날보다 살아갈 날이 더 적게 남았을 것이기에 후회 없이, 더 이상 미루지 말고, '지금' 부모님께 사랑을 표현하고 기쁨을 주는 일을 해보자.

 며칠 전, 친정 식구들이 할머니 댁에 방문할 것이라고 해서 나도 같이 가기로 했다. 딱 어버이날이기도 하고 아흔을 바라보시는 할머니를 기회 있을 때마다 찾아뵙는 것이

도리라고 생각했다. 함께 시간을 보내고 집에 돌아왔을 때 엄마에게서 전화가 왔다. 고맙다고 하셨다. 왜 그렇게 말씀하시는지 이유를 물어보았다.

"네 할머니가 우리 엄마잖아, 우리 엄마 챙겨줘서 고맙다구."

할머니와 나는 오래전부터 가족으로 관계를 맺고 살아왔기에 당연하다고 생각했다. 그래서 엄마의 감사 전화가 쑥스럽게 느껴졌지만 딸에게 사소한 것까지 감사 인사를 잊지 않으시는 엄마가 참 좋았다.

지금까지 내가 주어진 환경에서 계속 노력할 수 있었던 것은, 다른 무엇보다도 늘 나를 응원했던 가족이 있기 때문이었다. 내가 일본에 갔을 때 가족들이 돌아가며 편지를 써주었는데 그중에서 엄마가 보내 주셨던 편지는 지금도 내게 아주 소중하다.

평생을 살며 책을 써본 적이 없는 우리 엄마의 흔적, 엄마의 마음을 내 책 끝에 담아 오랫동안 보고 싶다. 편지를 가끔 꺼내 보다가 엄마의 진심이 느껴져 울컥해진다. 나에게 좋은 엄마가 있다는 것이 감사하다.
엄마가 자랑스러워하며 응원했던 것에 비해 이후 내 삶은 그저 평범했지만 나의 20대는 참 행복했다고 생각한다. 지금도 나는, 나를 응원하는 엄마를 생각하며 인생의 의미를 배우고, 건강하고 행복하게 살고자 한다. 엄마는 아직도 내가 노력해야 할 이유가 되어주신다.

고작 내가
이것밖에 안 되나
싶을 때에도

엄마는
나를 항상
사랑하고 응원하셨다.

엄마는 20대의 나에게,
철이 들어가는 것 같다고 했고
일본에서 돌아오면
우리 가족
더 행복하게 살자고 하셨다.

 하지만 나는 타지역으로 취업해서 금방 가버렸다. 엄마의 편지를 다시 읽을 때마다 그 부분이 마음에 걸리곤 한다. 그렇지만 내 선택에 후회는 없다. 스스로 돈을 벌어 생활했고 그 나름의 성장을 했던 시기였기에.
어쨌든, 엄마는 늘 날씨 이야기로 편지를 시작하셨다.
(내가 집을 떠나있던 그때의 한국 날씨는 이랬었구나...)

☑ 편지 하나

사랑하는 딸에게
벌써 이곳은 꽃망울이 터질 것만 같이 화창한 봄이구나.
네가 염려해준 덕분에 식구들 모두 잘 있단다.
네가 떠난 지도 벌써 한 달이 지났네.

낯선 타국에 가서 어려움이 얼마나 많을까.
몸은 서로 떨어져 있어도
엄마 마음은 너를 잠시도 잊은 적이 없구나.

아무 걱정하지 말고
첫째, 몸 건강하고
둘째, 밥 잘 챙겨 먹고
셋째, 하고자 하는 일에 충실 하거라.

항상 하루하루를 보내며 즐거운 마음을 가지고
좋은 미래를 그리며 의미 있는 현재를 살아라.

힘들 때는 음악을 듣는 여유를 가지고
마음의 안정을 찾아라.
네가 그곳까지 가서 노력하기에
너를 생각하는 내 마음이
얼마나 뿌듯한지 모른다.
네가 소원했던 일을 행한 것이 엄마는 기쁘다.

열심히 공부하고, 배우고
많이 발전해서 돌아올 너를 생각하니
기대가 되는구나.
힘들 때는 식구들 생각하면서
꼭 힘내거라.
많이 못 챙겨주고 보낸 것 같아
엄마는 마음이 아프단다.

그래도 엄마를 이해해주고 잘 지내거라.
항상 좋은 생각, 좋은 기분으로
행복하게 잘 지내길 바란다.

2003년 3월 17일
엄마가

☑ 편지 둘

사랑하는 딸에게
어느덧 가을이 가고 추운 계절이 다가오고 있구나.
차가운 날씨에 스쳐 가는 바람이 겨울을 느끼게 해준다.
이런 날씨에 너는 어떻게 지내니?

언제나 몸 건강하고, 특히 감기 조심하거라.
네가 보고 싶을 때는
보내준 사진을 꺼내서 다시 보곤 한단다.

너의 생일이 지나갔는데 가족과 떨어져 혼자 보낼까
혹시 외롭지는 않을까 마음이 쓰였다.

식구들은 네 생일에 집에서 미역국을 먹으면서
너의 빈자리가 너무 크게 느껴졌단다.
(시집간) 언니가 찾아와 다행히 함께 보내 고마웠단다.

네가 집에 없으니까 네 생각을 할 때마다
함께했을 때 못 해준 기억만 많이 나서
네 생일에 더 마음이 아팠단다.

더 잘 해주지 못해 미안하구나.

크게 해준 것은 없었어도
엄마는 늘 마음으로 너를 사랑했고
정으로 키웠단다.

너의 할 일을 마치고 돌아오는 날까지
항상 건강 하렴.

행복하고 즐겁게 지내.

안녕.

2003년 11월 17일
엄마가

☑ 편지 셋

그리운 딸에게

흰 눈이 휘날리는 엄동설한.

어느 때보다도 유난히 더 추운 것 같구나.

그곳 날씨는 어떠니? 춥지는 않니?

네가 잘 지내고 있다는 편지를 받고 마음이 놓였단다.

벌써 네가 떠난 지도 1년이라는 시간이 흘렀구나.

아직 좀 남았지만 시간이 금방 지나

네가 곧 돌아올 것만 같다.

그렇게 생각하면 세월이 빠르기도 한 것 같구나.

일 년이라는 시간이 지난 후에야

이제 엄마는 걱정보다는

가벼운 마음으로 편지를 쓸 수 있게 되었다.

엄마가 항상 너에게 하고 싶은 말은 늘 같다.

몸 건강하고 즐겁게 잘 지내는 것이다.

이번 사진을 보니 얼굴이 좋아지고

살이 좀 찐 것 같아서 엄마는 보기 좋았단다.

처음 너를 보낼 때는 걱정이 무척 됐었는데
이제는 네가 어디에 있든 걱정하지 않는다.
많은 경험을 하고 여러 사람을 만나면서
삶의 의미와 세상을 배워가길 바란다.
경험한 모든 것이 네 인생에 도움이 될 것이고
성장한 모습으로
앞으로의 삶을 위해 또 바쁘게 살아가겠지.

이루고 싶은 꿈을 꼭 이루고
남은 시간을 보람있게 보내렴.
네가 머무는 곳에서
너를 도와주는 많은 사람들에게
정말 고마운 마음이 든다.

항상 고마운 일이 있을 때는
상대방에게 감사함을 정중하게 표현하고
엄마도 고마워 한다는 것을 전해주렴.

잘 지내. 집 걱정은 하지 말고 행복하렴

2004년 2월 1일 밤12시에,
엄마가

☑ 편지 넷

딸 보아라.
이젠 꽃샘추위도 지나갔고
다시 봄이 온 것 같구나.
벌써 개나리꽃도 피기 시작했고
목련꽃도 봉오리를 터뜨리고 있단다.

지난 겨울엔 감기 안 걸리고
무탈하게 잘 보냈는지 궁금하구나.

네 편지를 받을 때마다
엄마는 네가 행복해 보여서 기쁘고
또 네가 너무 자랑스럽단다.

답장 자주 못 써주더라도
네 생각은 단 하루도 잊은 날이 없다는 것을
알아주길 바란다.

돌아올 날이 가까워진다고 생각하니
이젠 매일 같이 네가 기다려지는구나.

인내심을 가지고 잘 견뎌온 시간들이
앞으로의 네 삶에 도움이 될 것이다.
삶이 무엇인지 조금은 배웠겠지.

네가 철이 들고 있음을 느낀단다.
세상 물정도 알아가고 있겠지.
엄마가 할 말이 많다고 생각했는데
너무 쓸데없는 이야기만 하고 있구나.

너의 인생의 뜻깊은 항해에
항상 좋은 일이 함께하길 바란다.
좋은 생각과 기쁜 마음은
'좋은 날'을 만들 것이다.

벌써 밤 1시가 되었다.

사랑하는 엄마 딸,
잘 지내거라.

2004년 3월 20일
엄마가

☑ 편지 다섯

사랑하는 딸에게

무더운 날씨에 어떻게 지내고 있니?
장마도 이젠 다 끝난 것 같구나.

비가 많이도 오더니
언제 그랬냐는 듯 불볕더위가 시작되었다.
날씨는 더워도 네가 걱정해주는 덕분에
식구들은 모두 잘 지낸단다.

너는 이 더위에 어찌 지내고 있니?
뉴스를 보니 일본에도
장마가 예사롭지 않아서 걱정이 된다.
또 어느 날은 도쿄도 불볕더위라고 해서
몸은 건강한지, 밥은 잘 먹는지 염려가 되었다.

요사이 설사병이 돈다던데
돌아오는 날까지 건강 조심하렴.

너를 다시 만날 날이 점점 다가오니
네가 너무너무 보고 싶다.

그곳의 생활을 정리해야 할테니
달력을 볼 때마다 네 마음이 바빠지겠구나.

급할수록 차근차근 잘 준비하렴.
그동안 일본에서 고생했고 애썼다.

고생은 잠시지만
너의 경험은
두고두고 보람된 기억으로 남겠지.

기회는 항상 있는 것은 아니니
남은 시간 유종의 미를 거두렴.

엄마가 늘 하는 말,
삶의 의미를 생각하고
희망찬 미래를 그리렴.

스스로 계획해서 집을 떠나
너 혼자 힘으로 이룬 모든 일들이
엄마는 늘 자랑스럽게 느껴진단다.

참고 견딘 힘들었던 시간들이

인생을 배우는 한 걸음 한 걸음이 된다는 것을
기억하거라.
엄마는 네가 얼마나 자랑스러운지 모른다.
네 마음이 너무 예쁘고 고맙단다.

이제 온 가족이 다시 모이면
더 행복하고 기쁘게 살자.

네가 알아서 다 잘하겠지만
꼼꼼히, 실수 없이 마무리 잘하고 돌아오렴.

세월의 흐름이 고마울 때도 있구나.

네가 올 날을 기다리며.

2004년 7월 21일
한국에서 엄마가

나는 엄마가 늘 애틋하다.
그리고 나는 엄마의 딸로 태어난 것에 감사한다.

나는 쭉 아빠와 사이가 좋았다. 내가 어렸을 때 아빠가 내게 자주 말씀하셨던 것은 "너는 본심이다."였다. 착하다는 의미로 이해했었다. 그 말씀을 하실 때마다 항상 아빠의 표정은 참 따뜻했다.

지금 궁금해서 '본심'이라는 단어를 찾아보니 한자 뜻 그대로다. 원래 태어날 때 가진 그대로의 변함없는 마음, 꾸미거나 거짓 되지 않은 참된 마음이라고 나온다. 부모님에게서 들을 수 있는 최고로 따뜻한 말이 아니었나 싶다.

중학교 때까지 낮잠을 잘 때는 자주 아빠를 안고 자곤 했고 함께 외출하면 나는 꼭 아빠 손을 잡고 걸었다. 엄마와도 사이가 좋은 편이었다. 그렇지만 내 성격이 온순한 것 같으면서도 고집이 세어 엄마에게 꾸중을 들을 일이 많았다.
혼나고 나면 엄마한테 속상한 감정이 생기기도 했었다. 그때는 몰랐으나 나이를 먹으니 어린 시절의 우리 엄마가 이해가 된다.

엄마는 늘 마음의 고향처럼 따뜻하고 필요한 존재다.
같은 여자의 인생을 살고 있기 때문일까.
아이를 출산할 때도 엄마에게 의지가 되었고 내가 아이를

283

키우면서는 더욱 엄마를 사랑하게 되었다. 우리 엄마만큼 선하고 성실하게 아이를 양육하는 것이 쉽지 않음을 알게 되었다.

고집스러운 나를 키운 것이
무척 힘든 일이었음을 이제는 안다.

내가 엄마가 되고 나서 엄마의 젊은 시절을 돌아보니 우리 엄마는 참 좋은 사람이었는데 그때는 엄마의 수고를 잘 몰랐고 공감을 못 했다. 엄마는 그렇게 헌신하시고 올해 막 칠순이 되셨다.

어렸을 때 동네 어른이 "니 엄마 나이 몇 살이야?"하고 물으면 "서른일곱 살이요."하고 대답했던 것이 기억난다.

왜 나는
엄마의 많은 나이 중에서
'서른일곱 살'을
기억하는 것인지 모르겠다.

어쨌든 우리 엄마는 '서른일곱 살'인 적이 있었다.
세월은 유수와 같이 빨랐다.

이제는 허리와 다리가 아프고, 누진다촛점 안경을 쓰는 70세가 되셨다. 그래도 그럭저럭 건강하셔서 감사하다. 아빠도 건강하시다.

아빠는 평생 성실하게 가족을 위해 헌신하셨고 늘 정의롭고 선하게 사셨다. 어릴 때 나는 한 번도 부모님이 다투는 모습을 본 기억이 없다. 엄마와 사이좋게 사셨으며, 남매끼리 우애 있게 길러주셨다. 그런 이유로 내 마음속 가장 가까운 사람들은 가족이다. 부모님과 내 가족을 나는 사랑한다.

나는 좋은 부모님을 만났다. 그것을 '마흔'을 살며 깊이 감사한다. 아직 내가 부족하지만 우리에게 함께하도록 주어진 시간이 행복할 수 있게 앞으로 부모님께 더 많은 사랑과 감사를 표현하고 싶다.

내 부모님이 열심히 성실하게 살아오셨듯 나도 그렇게 살고 싶다. 요즘 말로 바꿔 말하자면, 이런 삶이 '갓생살기'다. 언행이 일치된 삶을 성실히 살아오신 나의 부모님은 늘 내게 모범이 되어주셨다.

이 책을 통해 마음을 담아 감사드린다.

또, 책의 표지디자인을 해준
언젠가 마흔이 될
사랑하는 나의 열세 살 소녀 'Yuna'에게도
이 책을 꼭 남기고 싶다.

언젠가 읽어주기를 바라면서.

또한, 앞으로 좋은 날을 함께 맞이할
남편에게도 감사를 전한다.

수고했어요.

오늘 하루도.

책을 끝까지 읽어주신 분들에게 감사하고,
모두에게 건강과 행복,
그리고 행운이 늘 함께하길 기도한다.

Erica Han

포기하지 말고
항상 씩씩할 것.

Erica Han